一个都不能少

老外眼中的中国扶贫

中国外文局"第三只眼看中国"团队 编写

图书在版编目（CIP）数据

一个都不能少：老外眼中的中国扶贫 / 中国外文局"第三只眼看中国"团队编写 . -- 北京：新世界出版社，2021.3

ISBN 978-7-5104-7254-1

Ⅰ.①一… Ⅱ.①中… Ⅲ.①新闻报道—作品集—世界—现代 Ⅳ.① I15

中国版本图书馆 CIP 数据核字 (2021) 第 042140 号

一个都不能少
老外眼中的中国扶贫

作　　者：	中国外文局"第三只眼看中国"团队
责任编辑：	楼淑敏
责任校对：	宣　慧
装帧设计：	贺玉婷
责任印制：	王宝根　苏爱玲
出　　版：	新世界出版社
网　　址：	http://www.nwp.com.cn
社　　址：	北京西城区百万庄大街 24 号（100037）
发 行 部：	(010)6899 5968（电话）　(010)6899 0635（电话）
总 编 室：	(010)6899 5424（电话）　(010)6832 6679（传真）
版 权 部：	+8610 6899 6306（电话）　nwpcd@sina.com（电邮）
印　　刷：	北京宝隆世纪印刷有限公司
经　　销：	新华书店
开　　本：	787mm×1092mm　1/24　尺寸：187mm×210mm
字　　数：	100 千字　　　　　　　印张：8
版　　次：	2021 年 3 月第 1 版　2021 年 3 月第 1 次印刷
书　　号：	ISBN 978-7-5104-7254-1
定　　价：	68.00 元

版权所有，侵权必究
凡购本社图书，如有缺页、倒页、脱页等印装错误，可随时退换。
客服电话：(010)6899 8638

出版说明

打赢脱贫攻坚战，让贫困人口和贫困地区同全国人民一道进入全面小康社会，是中国实现"两个一百年"奋斗目标、实现中华民族伟大复兴中国梦的关键一步。

党的十八大以来，以习近平同志为核心的党中央团结带领全党全国各族人民，把脱贫攻坚摆在治国理政的突出位置，充分发挥党的领导和我国社会主义制度的政治优势，采取了许多具有原创性、独特性的重大举措，组织实施了人类历史上规模最大、力度最强的脱贫攻坚战。到2020年，经过8年持续奋斗，中国如期完成了新时代脱贫攻坚目标任务，现行标准下农村贫困人口全部脱贫，贫困县全部摘帽，消除了绝对贫困和区域性整体贫困，近1亿贫困人口实现脱贫，取得了令全世界刮目相看的重大胜利。

中国脱贫攻坚战的决定性成就，加速了世界减贫进程，为国际减贫工作做出了巨大的贡献，很多国家也希望了解中国摆脱贫困的实际经验。2020年,在中国外文局的统一组织协调下,中国互联网新闻中心(中国网)、融媒体中心、北京周报社、今日中国杂志社、人民画报社、人民中国杂志社、中国报道杂志社等媒体的"第三只眼看中国"团队承担了扶贫报道的重任。

"第三只眼看中国"是中国外文局2018年初推出并全力运营的多语种(英、法、日、俄、韩、西、阿、缅)短视频品牌,旨在通过记录外籍主持人深入中国各地基层体验、探访的过程,讲述当下中国各领域改革与发展、各城市百姓生活的故事,帮助全球移动互联网受众了解真实、立体、全面的中国。此外,举办了两届同名大赛,面向全球的短视频创作者、爱好者、自媒体主播、网络博主等人士,围绕中国走向世界、中国改革发展、中国城市建设、中国品牌塑造、中国文化传播等主题,征集纪录片、脱口秀等各种产品形态的多语种短视频。通过全球关注中国人士手中的镜头,展现外国人看中国的独特视角和新奇视点,讲述外国人眼中中国与世界交往的时代故事,表达外国人心中对当代中国人与中国事的认知和看法,阐释外国人头脑中对中国改革与发展的理解和思考。

此次参与创作的外籍人士,大部分是中国外文局的各语种专家,还有一部分是下沉到中国乡村帮助当地脱贫的国际人士。他们热爱中国，喜爱中国的传统文化，惊讶于中国的发展。他们深入广西、贵州、西藏、云南、新疆等地，传递着中国因地制宜的产业扶贫、教育扶贫、生态扶贫、易地搬迁扶贫、金融扶贫、电商扶贫、文旅扶贫、非遗扶贫等精准扶贫行动和成果，甚至数年如一日，亲力亲为地投入地方扶贫工作中。

在中国外文局总编室的统筹下，我们根据扶贫的不同形态选择了20多个案例进行分类并结集出版，每个案例附有视频二维码，通过扫描，读者可观看到生动的采访影像。因篇幅原因，书中有限的文字和影像展现的只是中国提前10年完成联合国《2030年可持续发展议程》减贫目标这一伟大成就的缩影，但它是那么的温暖、有力量，这些千千万万中国人追求幸福生活、努力脱贫背后的奋斗故事值得被后世铭记。

| 目录 |

草原上来了"扶贫牛"
——日本小哥看乌兰察布市三岔口乡产业扶贫成果 / 03

日籍记者的第一书记助理体验 / 15

脱贫致富,我们有一套 / 25

毛葡萄种植结出幸福果 / 31

"世界屋脊"上的"致富椒" / 41

从"微田园"到"大产业" / 45

"晋江经验"助力脱贫攻坚 / 53

"天梯上的村庄"走出特色脱贫路 / 63

高德荣:带领独龙族奔小康 / 71

"悬崖村"村民下山记 / 79

绣出来的美好生活 / 85

希望工程：教育如何阻断贫困在中国的代际传递 / 93

深入云南，探寻教育带来的扶贫新希望 / 103

农民夜校：用知识助脱贫 / 111

广西三江：农民画绘出脱贫致富路 / 119

买菜也是扶贫？中国探索消费扶贫新模式 / 127

迈克尔·海尔曼：
行走在中国扶贫路上的德国"愚公" / 135

川崎广人：我在中国当农民 / 147

卢森堡退休警官尼克：
大山里的扶贫"洋助理" / 157

"荣誉村民"罗杰威的扶贫故事 / 169

安徽黄山祖源村：
发展民宿旅游，实现乡村脱贫振兴 / 177

供稿单位：人民中国杂志社
外籍主持人：［日］何京盛（Kyousei）

何京盛（Kyousei）

　　出生于日本东京，在中国生活多年，人民中国杂志社外籍员工。一直对中国语言和文化抱有浓厚的兴趣，2014年获中国传媒大学播音主持艺术专业学士学位，此后又获得中国传媒大学汉语国际教育专业硕士学位。京盛一直致力于传播中国文化，并向日本乃至世界人民介绍他眼中的中国，为"日中友好"事业做贡献。曾担任中央电视台《机智过人》《中华情》等节目的配音工作。2019年参加中国人民对外友好协会"我与汉字"大赛，并获得总冠军。京盛喜欢中国文学、中国的作家，特别喜欢林海音笔下的北京。日常闲暇，他会拿起相机穿梭在北京的大街小巷，记录着风景名胜、风土人情。

草原上来了"扶贫牛"
——日本小哥看乌兰察布市三岔口乡产业扶贫成果

"天苍苍,野茫茫,风吹草低见牛羊。"这是乐府诗集《敕勒歌》中描绘北国风光的诗句,句中草原壮丽富饶、令人神往。但曾经辽阔壮美的草原,却一度成为制约内蒙古自治区乌兰察布市察右前旗三岔口乡发展经济、脱贫致富的重要原因。如何克服地理位置、气候条件等因素带来的不利影响?发展哪些产业、通过何种方式才能帮助当地的百姓增加收入,为他们的生产生活提供充足的保障呢?三岔口乡在近五年的时间里进行了艰辛的探索,并取得了一定的成绩。京盛是人民中国杂志社的日籍员工,赴乌兰察布市三岔口乡拍摄"第三只眼看中国"系列视频，是他入职以来第一次到中国的贫困地区深入采访，对于中国农村的生活情况、中国人是如何靠自己的勤劳和智慧脱贫致富的，京盛充满了好奇。

从"大水漫灌"到精准式扶贫

位于乌兰察布市北部地区的三岔口乡，由于地处偏远的内陆地区，纬度较高，造成此地交通不便、气候条件差。村里的年轻人看到在家乡发展无望，纷纷外出务工，使村中的青壮年劳动力严重短缺。由于对外交流有限，生活在当地的一些村民又普遍年纪偏大，思想较为封闭，只满足于眼前较为贫困的生活水平，缺乏脱贫致富的动力。多种因素使三岔口乡 18 个行政村在册的 10945 户中，建档登记的贫困户就占了十分之一。

三岔口乡的乡长秦占世介绍起本村的扶贫工作，也是感触颇多："2015 年之前，我们乡早就开始尝试搞扶贫工作，但那时候以'输血'为主，主要是给钱给物，也没有搞清贫困户致贫的原因究竟是什么，

▲ 三岔口乡大土城村的村民在制作拖鞋

◀ 三岔口乡大土城村第一书记李宁峰在村里的拖鞋生产车间

所以效果也不理想。"自2015年精准扶贫工作展开后,乡里首先按各家贫困户的具体情况分析致贫原因,有的是因为家中有病人,有的是要供孩子上学,有的缺资金,有的缺技术,有的缺少劳动力……搞清楚为什么贫困之后,乡里按照国家提倡的"五个一批,六个精准"的扶贫政策为各个贫困户量身定制脱贫方式,能发展产业的,乡里给予相应的资金、技术支持发展畜牧业、种植业等;原来居住的地方条件恶劣、不适合发展生产的,政府出资建设了移民新村鼓励村民易地搬迁;退耕还林、退牧还草的村民,乡里会积极帮他们寻找新的职业,并且给予一定的补贴;家中有念书的孩子或家庭成员有疾病的,政府有相应的保障政策兜底,使他们不会因为学费、医药费等开销导致生活困窘。为了防止以前扶贫工作"大水漫灌"不精准的问题出现,乌兰察布市政府机关各相关部门的工作人员组成了工作队,乡里、村里均有专人指导对口帮扶,扶贫干部也会深入村里贫困户家第一线进行定点扶贫,及时了解老百姓的需求和意见。

以安格斯牛养殖为代表的产业帮扶

发展产业是实现贫困人口稳定脱贫的主要途径和长久之策。三岔口乡的扶贫工作组在短短几年时间里，因地制宜地探索了各种适合本地人经营的产业，按户制订脱贫计划，安格斯肉牛养殖就是其中的一个典型。我们"第三只眼看中国"节目组来到养殖户张喜柱家了解相关的情况。

46岁的张喜柱大哥一家四口以前住在三岔口乡翁家村，老房子摇摇欲坠，下雨天屋里经常漏雨。2017年驻村的扶贫工作队来到张大哥家了解情况时，发现他的老母亲已经有88岁高龄，爱人也罹患高血压，儿子年纪也小还在读小学。巨大的家庭负担使张喜柱不能独自外出打工，这样家里就会少人照顾，即使在村里务农种地，他也需要经常抽出时间照顾家人。于是在2019年移民新村建成时，张大哥一家就作为贫困户搬进了新家，窗明瓦亮的三间砖房，比以前简陋的旧居住起来舒服很多。

▲ 三岔口乡移民新村

搬了家，居住条件改善了，还有什么方法能增加收入呢？驻村的扶贫干部开始和张大哥一起想办法。以前张喜柱不敢从事畜牧业主要是因为没有钱买牛犊，就算是咬牙贷款买了，万一牲畜生病死了或者当年行情不好卖不上价，这样的亏损他们一家根本承受不起。精准扶贫工作开展以后，工作组针对贫困户发展产业没有启动资金的情况，为他们申请到了政府补贴和银行的无息贷款，并与大的畜牧公司进行合作，在村里推广安格斯肉牛养殖。张喜柱大哥家一共养了5头安格斯牛，每头牛买来的成本价需要16500元，其中有10000元可以向银行申请无息贷款，另外政府补贴每头牛4000元，核算下来自己只需要花2500元，这让张大哥家的负担轻多了。为了帮助贫困户避免损失，政府还出资补贴，为每头牛都买了保险，一旦出现死亡等意外情况，保险公司就会理赔，乡里也定期派来兽医，指导大家养牛。牛养大了，张大哥也不用担心卖不出去——乡里与畜牧公司签订了收购合同，生下的牛犊长到3个月，公司就派人来收，可以说不愁销路。除了安格斯牛，张喜柱家还养了十几只羊和两头猪，这些牲畜政府也会根据情况给予补贴。另外村里还为贫困户提供一些公益岗位，张喜柱还成了村里的护林员，再加上他以前种的20亩庄稼，家里逐渐有了一些积蓄。随后，张喜柱家就摘掉了贫困户的"帽子"，还被评为乌兰察布市察右前旗的"脱贫光荣户"。

　　三岔口乡有很多和张喜柱家一样的贫困户，乡里为大家集资补贴饲养安格斯肉牛，到现在全乡养牛数量总计多达285头。另外乡里还计划引进1000只奶绵羊，这是一种可以产奶的新品种羊，产出的羊奶质量高价格贵，而且羊饲养起来比牛要稍微省力些，很多年纪大了的留守老人也可以养这种羊，这也可以说是一项针对目前三岔口乡人口相对老龄化的精准扶贫政策。除了内蒙古地区适合发展的畜牧业，各村还根据各自的特点，引进了大棚蔬菜种植、扶贫车间（加工灯笼、拖鞋等产品）、光伏发电等产业。这些产业帮助村集体增加了收入，村里用这笔钱不仅能为没有劳动能力的贫困户提供兜底保障，还设置了许多扶贫公益岗位，如保洁员、护林员、护路员等，虽然工资不高，但既能改善村中的环境面貌，还能为贫困

▲ 张喜柱和爱人喂养安格斯牛

户增加收入，可以说一举两得。

　　三岔口乡大土城村的第一书记李宁峰说，其实村里的青壮年劳动力早就外出务工去了，家中留下的很多都是老人或因病因残致贫的。驻村工作队根据具体情况，为村里引进了劳动强度较低的拖鞋生产车间，另外为无劳动能力的贫困户提供了社会最低保障兜底。2018年李宁峰来的时候这里还是一个贫困村，如今该村的人均年收入已经达到了1万元，达到了"两不愁，三保障"的目标。

主持人点评

刚来到三岔口乡时，我最先感受到与大城市不同的是广阔的草原和新鲜的空气。但随着采访的逐渐深入，尤其是到村中的贫困户中走访之后，我更被村民的热情和淳朴所打动，不管到哪家采访，村民都很热情。闲聊的时候会招呼我喝茶吃水果，虽然他们都讲着我不太能听懂的方言，但言语中对我的热情和友好让我感动。虽然之前我从来没有到过这里，但是还是能感觉到精准扶贫给村里人生活带来的变化。在采访张喜柱大哥的时候，我和他一起翻家中的相册，看到以前他家很破很小，又一起参观了他现在搬来的新居，里外两间大房子，家里铺着瓷砖，打扫得一尘不染，沙发电器一应俱全，我看了都为大哥家的新生活感到高兴。

除此之外，驻村帮百姓脱贫的扶贫干部也给我留下深刻的印象，在大土城村采访第一书记李宁峰的时候，我翻看了李书记的工作日记，看到他拿自己的收入补贴贫困户，为了去村民家里走访常年住在村里顾不上回家的片段，我的鼻子都有些酸了。这次采访活动对于我来说机会非常难得，能这样深入了解中国人的生活状态，尤其是到农村地区去看看乡村的变化，了解最具中国特色的风土人情，是我毕生难忘的记忆。

供稿单位：北京周报社

外籍主持人：［日］植野友和（Tomokazu Ueno）

植野友和（Tomokazu Ueno）

  北京周报社日籍编辑、记者，昵称"萌叔"，今年43岁。他不仅自学中文，还在两年前毅然辞掉了在日本的工作，来到中国工作与生活。在中国，"萌叔"萌生了一个想法，他想在中国多走走多看看。两年来，从一线都市到偏远山村，从进博会到亚文会，"萌叔"的足迹遍布北京、上海、辽宁、广西和新疆等地，并用一双"慧眼"将他眼中的中国介绍给日本人民。

日籍记者的第一书记助理体验

开着小轿车,载着来自日本的一日助理植野友和,乍洞村第一书记谢万举开始了新的一天。为了尽量兼顾工作与家庭,谢万举选择早出晚归,每天往返于宜州城区和乍洞村之间。经过蜿蜒的盘山水泥路,大约1个小时的车程后,他和植野抵达了群山环抱的乍洞村。

8月底的宜州,炎炎酷暑依然还在延续。在办公室稍作调整后,谢万举利索地戴上草帽,拿上剪刀、锄头等工具,带着植野走向了茄子地和百香果园。谢万举一边介绍乍洞村的特色产业,一边指导植野农具的用法。无论是剪枝浇水还是翻地除草，谢万举干起来都是手到擒来。

作为从城里派来的第一书记，为何谢万举会像普通农民一样干起了农活？

"做给村民看，带着村民干，帮着村民赚"

2015年11月29日，《中共中央 国务院关于打赢脱贫攻坚战的决定》发布。确保到2020年农村贫困人口实现脱贫，是全面建成小康社会最艰巨的任务。为了确保这一目标的顺利完成，选派第一书记驻村工作的机制形成。2016年3月，谢万举被派到隶属广西壮族自治区河池市宜州区刘三姐镇的乍洞村，成为全中国二十多万个第一书记中的一员。

在最基层的农村直面困扰中华民族几千年的贫困问题，并找到解决对策，对于谢万举而言，这样的工作无疑充满挑战。通过走访调查，谢万举发现：乍洞村土地资源少且贫瘠，村民常年种植的水稻、

▲ 谢万举和植野友和在给百香果剪枝

▲ 谢万举和植野友和在除草

玉米、黄豆经济效益较低，农户很难从中挣钱。于是，他决定带着村民改变种植作物，种一些"价格能卖得好的"作物，以提高收入。

最终，谢万举选择了百香果。

百香果对土壤要求不高，且成熟时间短、见效快，对于急需寻找突破口的乍洞村来说正合适不过。

可让他意想不到的是，贫困的村民们对这个提议丝毫不为所动。有的村民虽有脱贫的心愿，但由于习惯了传统作物的种植，不相信种百香果这种见所未见、闻所未闻的水果就能致富。更让谢万举没有想到的是，有的村民虽然贫困，但并没有足够动力来改变这一状态。

"那时，我突然意识到，扶贫工作的核心是做通村民的思想工作，让他们从'要我脱贫'转变成'我要脱贫'。"谢万举说。

而这恰恰是最难的。

为了打消村民的疑虑，谢万举就在村里的集体用地上与村委会的工作人员一起，自己动手砍竹子、挖坑、搭架，亲手种植下了一片百香果树，做第一个"吃螃蟹的人"。

看到第一书记种的百香果卖出了好价钱，一些村民也决定加入一试。有人选择在集体用地上和谢书记一起种植百香果，收获之后获取分红；敢冒险的索性购买幼苗，在自家原先的玉米地上搭上棚架，改种百香果。

到 2019 年底，乍洞村全村的百香果种植面积迅速发展到了 300 亩，很多贫困户通过种植百香果摆脱了贫困。

"我们作为驻村干部，一定要先发挥好带头作用，才能带动村民；村民看到有成效后，他们才有奔头和我们一起做；等作物成熟后，我们再通过各种途径，帮助他们把东西卖出去。这就是'做给村民看，带着村民干，帮着村民赚'。"谢万举告诉植野。

"小"干部，大智慧

虽然通过百香果种植获得了成功，但这仅是乍洞村在脱贫路上的重要一步。新的困难和挑战来到了谢万举面前。

种植百香果能够有效增收，但村民各家有各家的情况，并不是每家都适合种植百香果，必须在了解每家情况的基础上合理地制定方案，做到精准扶贫。谢万举开始尝试引入其他农作物，先由村委会进行培育，成功之后再推荐给村民。对于尝试过的农作物，他如数家珍："这个黄瓤西瓜皮薄甜度高，一个三四斤，刚好适合一个家庭一次吃完，不浪费；这个黑龙茄子是我们村刚刚引进试验的新品种，口感好，产量也比普通茄子高；这个观赏南瓜虽然不能吃，但很适合乡村旅游……"

除了发展特色产业外，为了根本上解决自然条件恶劣地区贫困群众的生存和发展问题，彻底实现"挪穷窝""拔穷根"，谢万举也积极推动乍洞村的易地搬迁工作。现在，乍洞村的贫困人口53户173人，已经搬迁到了位于宜州城郊的同福小区。在这里，他们不仅住上了宽敞明亮的楼房，小区内和小区附近的扶贫车间和工厂，也给他们提供了不少工作岗位。

"目前，我们村还有6户16人没有脱贫，我们已经帮助他们解决了安全住房、安全饮水、产业发展，现在都有了稳定的收入，我

▲ 同福移民社区航拍外景

▲ 乍洞村第一书记谢万举

▲ 谢万举向北京周报社日籍记者植野友和介绍西瓜种植情况

们有信心、有决心带领这里的村民一起奔向小康。"对于实现脱贫攻坚的目标,谢万举显得很有信心。

展望未来信心足

如今,乍洞村的脱贫攻坚任务已经基本完成,但谢万举并没有放松,他也不能放松。

虽然工作依然繁忙,但对于村子今后的发展,谢万举已经有了不少想法,养牛、乡村旅游等新的产业都已经在他的规划之中。更让他欣慰的是,已经有不少在外打工的年轻人回到了村里参与产业的发展。他也与这些年轻人多次就乍洞村的未来有过交流和探讨。"脱贫攻坚只是个开始,乍洞村步入小康,我只是开了个头,未来还得看他们的。"谢万举说。

主持人点评

　　完成了一日助理的工作，我亲身感受到了谢书记的工作是多么辛苦，也明白了乍洞村脱贫攻坚顺利进展的原因。

　　我听说中国每个贫困村都有一个像谢书记这样的驻村第一书记，帮助当地实施精准扶贫，提升治理水平。正是由于政府扎实推进脱贫攻坚，一系列有关扶贫的政策不断出台，还有谢书记这样的人在第一线辛勤工作，处于贫苦状态的人们才能真正看到希望，努力摆脱贫困。

　　现在，中国已经成为世界上减贫人口最多的国家。看到钱包越来越鼓的村民们的一张张笑脸，我能深切地感受到脱贫攻坚战取得的丰硕成果。

供稿单位：中国网

外籍主持人：［埃及］侯萨穆·埃莫拉比（HOSAM ELMAGHRABI）

侯萨穆·埃莫拉比
（HOSAM ELMAGHRABI）

埃及人，2005年来华工作，2010年开始担任中国网阿拉伯语审定稿专家。

为了更多地了解中国、感知中国，也为了向阿拉伯国家"讲好中国故事"，2017年侯萨穆和同事们共同策划了中阿双语短视频节目《阿拉伯人"心"体验》。三年来，侯萨穆几乎走遍了中国的大江南北，见识了各地的风土人情，他极具亲和力的主持风格受到阿拉伯国家观众的一致好评。

多年来，侯萨穆致力于向外国读者讲述中国故事，向世界传递来自中国的声音。2017年，由于贡献突出，他荣获"中国政府友谊奖"。这是我国政府为表彰在中国现代化建设和改革开放事业中做出突出贡献的外国专家而设立的最高奖项。

脱贫致富，我们有一套

一直以来，一提到陕西省，我首先想到的就是奔腾咆哮的壶口瀑布，但是此次陕西行，却让我记住了两个村庄的名字。

第一个村庄是延安市的王湾村。曾经王湾村三分之一的居民都是贫困户，他们以前的住房就是黑窑洞里一张床。而 2018 年这个村子全部脱贫，2019 年的人均收入是 2017 年的 1.5 倍。为什么这个村子能有这么大的变化呢？陕西省延安市宜川县丹州街道办事处主任科员贾李锋是这样解释的，2017 年，王湾村建设了 110 座钢架工棚，当年 4 月工棚建成投产，年底村民就看到了实实在在的经济效益。2017 年棚均收入大概是 5000～6000 元人民币， 2018 年棚均收入就接近1万元了。

村里大棚种植西瓜、香瓜、西红柿等作物。每到收获的季节，除了运到城市里销售，还会有很多城市居民到这里来采摘。2019年每个棚的收入超过了1万元，是同等面积玉米收入的55倍。

除了大棚种植的经济作物，王湾村还建起了牡丹园、垂钓园、水上游乐园、民俗园等，通过多种形式的旅游让村子变得越来越富。

第二个村庄是合阳县的岔峪村。曾经村里的老宅背靠土崖，常年遭受雨水冲刷，为了避免滑坡地质灾害，陕西省决定将该村整体搬迁。从2016年开始，经过3年的努力，村民们全部住进了新房。

解决了住房问题，村委会开始着力提高村民的经济收入。2017年岔峪村成立了农民专业合作社，303户村民成为股东，享受合作社的分红。村里通过创立民宿农家乐、观光采摘园、稻田蟹体验园、伊人湖游乐园等旅游项目，大幅提高了全村百姓的收入。

从王湾村和岔峪村的脱贫故事我们可以发现，扶贫没有"一招鲜"，因地制宜，因人施策，创新规划，精准实施，才能走出一条"多彩"的精准脱贫之路，让我们一起期待更多精彩的脱贫故事吧。

▲ 陕西省延安市王湾村建立的水上乐园

▲ 陕西省延安市王湾村贫困户曾经居住的窑洞

▲ 陕西省合阳县岔峪村整体搬迁后的新民居

主持人点评

在华期间，我多次到访陕西，我知道这里是中华民族文化的重要发祥地之一，延安是中国革命的圣地。而此次陕西行，我切切实实看到了陕西百姓生活的变化，感受到了精准脱贫的内涵。

曾经三分之一的居民都是贫困户的王湾村经过深入研究地理、区位、生态优势，确定了果蔬大棚这一产业突破点，通过整合土地资源、争取项目支持、推广设施农业等举措带领百姓脱贫致富。

如果不是亲眼所见，我很难相信已经修起一排排整齐民居的岔峪村，几年前还饱受贫穷和地质滑坡的困扰。村子实施整体搬迁不仅改善了人民的生活条件，更为后续村里产业发展打下了良好的基础。

这两个村子的脱贫之道不尽相同，但是都遵循着因地制宜、因村施政的方针。我在拍摄过程中一直在想"授人以鱼不如授人以渔"这句话，中国的脱贫经验对于世界来说非常重要，但是各国国情不同，如果各国能够学到中国精准脱贫的内涵，也许有更多的人民能早日摆脱贫困，过上幸福的生活。

供稿单位：中国报道杂志社

外籍主持人：［埃及］吴菲（Wafaa Ezzat）

吴菲（Wafaa Ezzat）

记者（埃及美国混血），一直对中国文化很好奇，在大学时选择汉语言文学专业。毕业之后，来到中国传媒大学读研究生，至今在北京生活、学习、工作7年多了，在这个过程中，感受到了底蕴深厚的古老中国和发展迅速的现代中国。在中国报道杂志社的东盟报道编辑部工作，目前已经有3年多的时间。工作内容包括运营英文海外社交媒体平台，在短视频中做主持人，研究并提交故事创意，完成采访，编辑文章等。

毛葡萄种植结出幸福果

广西河池市罗城仫佬族自治县是广西喀斯特地貌最集中的连片县之一，石漠化严重，石山地瘠薄，缺水缺土，加之交通不便，罗城成为国家扶贫开发工作重点县。2015年，全县共有8.39万建档立卡贫困人口，82个贫困村，贫困发生率28.47%，截至2019年底，全县仍有19个贫困村、2315户6509名贫困人口没有脱贫。

如何让生活在这里的群众摆脱贫穷的困扰？当地政府把目光转向了毛葡萄。作为"野生毛葡萄酒"原产地，罗城用野生毛葡萄酿酒可追溯到 350 多年前，具有现代加工业意义的葡萄酿酒业则起于 1983 年。2000 年罗城被推荐为"中国野生葡萄之乡"，经过多年的努力，罗城毛葡萄产业现已成为罗城农业产业化开发的一张名片。

2020 年 9 月 17 日，中国东盟报道外籍主持人吴菲来到罗城仫佬族自治县四把镇韦凤茂的葡萄园。漫山遍野，满眼尽是一串串颗粒饱满的毛葡萄。沿着一条坡度接近 70 度的狭窄水泥路前行，吴菲没过多久就气喘吁吁。

里乐村书记罗玉杰告诉吴菲，现在的条件已经比之前好了许多。"政府对扶贫工作的扶持力度非常大，特别是政策方面和资金的扶持。其他还包括许多方面，比如基础设施的建设，像这种山里的路，如果让农民解决是根本没办法的，必须依靠政府。"当地政府给予的贴息贷款、双性毛葡萄技术指导、产业奖补、市场开拓、赠送水泥柱和肥料等支持，给种植毛葡萄的农户注入一针强心剂。

沿着小路继续向上，我们找到了这片葡萄园的主人韦凤茂。韦凤茂正在忙碌着采摘葡萄，由于人手不够，他还聘请了同村的农友

▲ 葡萄园中狭窄的水泥路

来帮忙。"今年种葡萄的收入有20多万吧。"韦凤茂脸上露出满足的笑容。但刚开始种植毛葡萄的日子，对于韦凤茂来说却并不好过。

2002年韦凤茂结束在深圳打工的日子回到四把镇，开始在这贫瘠的石山上开荒种植毛葡萄，把打工赚的积蓄都投了进去。但由于野生品种生长周期长，挂果率低，收成有限，韦凤茂欠下了不少债务。"开始村里人都觉得我像个傻子一样，投入那么多在这石山上。"他说。

2015年韦凤茂被认定为建档立卡贫困户。当地政府把韦凤茂作为重点帮扶对象，为他提供了贴息贷款，赠送肥料，还派技术人员给予指导。韦凤茂换种了部分优质的种苗，产量慢慢上来了。2016年，韦凤茂的葡萄大丰收，当年实现收入16万元，一举摘掉贫困户的帽子。

面对镜头，韦凤茂激动地对吴菲说："是葡萄改变了我的人生。"现在的韦凤茂不再是当初那个为生计想尽办法的贫困户，他的毛葡萄园不仅让他脱掉了贫困户的帽子，还带动周围20多户村民种植毛葡萄，同时也为周边村民提供了采摘毛葡萄的工作机会，解决村民的就业问题。

▲ 村民正在采摘葡萄

▲ 吴菲采访葡萄园主韦凤茂

▲ 含有丰富营养成分的毛葡萄

在罗城，像韦凤茂一样种植毛葡萄的还有 3800 多户贫困户，从 2012 年至今，已有 1200 多户贫困户通过种植毛葡萄脱贫致富。毛葡萄已经成为罗城主要的扶贫产业之一，全县毛葡萄种植面积达 8 万亩，2019 年产量达 1.54 万吨。

随着毛葡萄生产技术的日趋成熟，毛葡萄产业的发展前景愈加广阔。毛葡萄营养成分丰富，含酸较高，口感独特，适宜制作不同风味的毛葡萄酒、果汁、果醋饮料。此外，野生毛葡萄面膜、葡萄酵素洗衣液、沐浴露的开发生产使罗城县的毛葡萄产业链条不断延伸，经济效益持续提升。

除了带来经济效益，毛葡萄种植还有助于当地生态治理。罗城县土地总面积 398 万亩，其中石山 110 万亩。野生毛葡萄因其根系发达，吸收力强，枝蔓生长迅速，借卷须向上攀缘生长，年生长量可达 10 米以上，最大单株覆盖面可达数十平方米甚至数百平方米，能够防止水土流失，涵养水源，改善生态环境，促进生态系统的平衡。

罗城县把毛葡萄产业列入主要的扶贫产业之一，特别是中西部贫困石山地区，种植毛葡萄已成为增加收入的一个重要途径。里乐村书记罗玉杰告诉吴菲，下一步计划就是继续把毛葡萄种植扩大化，增加农户种植面积，增加农户收入，稳固脱贫攻坚成果，让里乐村真正实现脱贫致富。

主持人点评

本次采访活动我们来到了位于中国南方的广西壮族自治区，实地感受当地在推进脱贫攻坚方面的经验和成效。说实话，广西在扶贫方面取得了重大进展。在过去的五年中，广西开展了好多扶贫项目，如加快贫困地区的交通基础设施建设，开展饮水工程，帮助居住环境恶劣的人搬到环境好的小区，提高生活质量，提供稳定的工作，提高教育水平等。人民的生活有了很大的改变，有房子住，有活干，有收入，孩子也能上学。这是我第一次亲眼看到扶贫项目的细节和成果。

2020年9月17日我们来到罗城仫佬族自治县，走进四把镇里乐村的一个葡萄园，向村委干部、驻村工作人员详细了解近年来的扶贫工作进展，发现该村通过种植毛葡萄摆脱了贫困。我采访了葡萄园的主人，他告诉我过去他在外打工，收入却并不能支撑整个家庭。后来他回到家乡，在荒山上种植毛葡萄，这并不容易。还好有政府的支持和帮助，克服了种种困难，毛葡萄终于结出了丰硕的果实。另外我还了解到，这些葡萄园不仅能消除贫困，还是保护环境的一种方式，真是一举两得！

供稿单位：今日中国杂志社
外籍主持人：［法］朱利安·布菲（Julien Buffet）

朱利安·布菲（Julien Buffet）

朱利安·布菲，法国东方语言文化学院国际关系学博士，今日中国杂志社新媒体部外籍员工，出镜主持"第三只眼看中国"法语版短视频。

"世界屋脊"上的"致富椒"

西藏自治区位于中国西南地区，独特的地理位置和气候特点孕育了其特有的物产，朗县辣椒就是其中之一。这种辣椒的花青素含量远远高于其他辣椒品种，它因此给当地农户带来了丰厚的经济收益。

朗县农业农村局局长次央说："2016年之前，老百姓种植辣椒只是自己吃，或者作为礼品赠送亲朋好友，并没有作为产业来进行打造。从2016年开始，在国家政策的推动下进行产业化推广。"

经过技术检测发现，每百克朗县辣椒花青素含量达5.56毫克、维生素 C 含量达 226 毫克，远远高于其他辣椒品种。

为了提高当地辣椒种植规模，县政府推出的"企业 + 合作社 + 种植户"的模式，村民们只需要拿土地入股，参与劳动，村集体进行规模化种植、规范化管理，收益水平远远高于之前的传统种植方式。

朗县洞嘎镇滚村村民阿旺旦增说："（我家）每年种辣椒能有 6 万多收入，而且妻子一个人就可以搞定，我可以出去打工，这样家庭年收入能达到 10 万左右。我打算明年把 5 亩露天田也盖上大棚，争取更大的收益。" 朗县县委书记扎西也介绍道："2020 年我们朗县的辣椒种植面积达到 8000 多亩，户均光是辣椒收入就能达到 12000 元以上。朗县正在积极申报更大规模的工厂化育苗基地项目，同时强化辣椒产业生产加工销售流通链条机制，让朗县辣椒行销全国。"

2018 年，朗县辣椒通过国家评审，被认定为地理标志产品，朗县有了"西藏辣椒之乡"的美誉。农民的积极性调动起来了，辣椒酱、火锅底料等附加产品层出不穷，朗县辣椒的销路一下子打开了。朗县的辣椒成了当地农民的"致富椒"。

▲ 朗县当地妇女种植辣椒　　　　▲ 收获

主持人点评

　　西藏朗县的辣椒品质非常高，它的花青素含量远远高于其他辣椒品种，给当地农户带来了丰厚的经济收益，成了当地人的"致富椒"。

供稿单位：今日中国杂志社

外籍主持人：［法］朱利安·布菲（Julien Buffet）

朱利安·布菲（Julien Buffet）

朱利安·布菲，法国东方语言文化学院国际关系学博士，今日中国杂志社新媒体部外籍员工，出镜主持"第三只眼看中国"法语版短视频。

从"微田园"到"大产业"

四川省凉山彝族自治州喜德县阿吼村是国家深度贫困村，身处土地贫瘠的深山中，老乡们只能靠种植土豆和荞麦为生。2016年，国家电网四川省电力公司定点帮扶阿吼村，全村72户321人搬进了山下的安置点，在自家小院里种起了蔬菜，搞起了"微田园"，不但丰富了村民的餐桌，也绿化了安置点的环境。

四川省凉山州喜德县光明镇阿吼村第一书记王小兵介绍说："以前老百姓住在高山里的时候，没有条件种植可食用的蔬菜。我们的'微田园'就是在老百姓的房前屋后，种植一些白菜、小葱、蒜苗之类的，可以自己吃。如果（产）量比较大的时候，也可以通过销售的方式来增加收入。"

但是，仅仅提升了居住环境是不够的，想要村民在新家园"留得下"，还得靠发展产业。经过实地调研，国家电网四川电力公司组建了丽火现代农业公司，并指导成立了农民种养殖合作社，从中药种植着手，发展阿吼村的现代农业。丽火现代农业公司总经理杨永生告诉我们："当时我们来的时候，发现阿吼村缺经济作物，就在这流转了279亩土地，建设了一个高山中草药产业园。"产业基地建好之后，包括用工、土地租赁等各方面的收入，都是老百姓受益。

2019年，阿吼村农民合作社通过"消费扶贫+电商"的模式，成功将产业基地的百合、贝母等中草药产品销往全省。全年销售收益达到32.58万元，为全村村民分红16.8万元。贫困户人均年收入从2015年的1500元增长到2019年的8979元，增长了近6倍。杨永生经理说："合作社跟我们一起全程参与，从种植、管理，到后期收获、销售，是真正把产业落到实处的。"

▲ 喜德县光明镇阿吼村易地搬迁后的住房

现代农业的发展帮助搬迁后的村民实现了"留得住,能发展"的目标。相信在"微田园"的美好环境里,阿吼村百姓的生活一定会越过越甜。

▲ 朱利安采访丽火农业公司的中药基地

主持人点评

大山中的贫困人口脱贫的主要办法之一是易地搬迁,但仅仅改善居住环境是不够的,想要村民在新家园"留得下",还得靠发展产业。我在喜德县光明镇阿吼村采访的时候,参观了丽火农业公司的农民种养殖合作社,合作社从中药种植着手,发展阿吼村的现代农业,用扎扎实实的态度,为百姓找到了致富的方法。

供稿单位：中国网

外籍主持人：［哥伦比亚］菲利普（Felipe Hurtado Sierra）

菲利普（Felipe Hurtado Sierra）

哥伦比亚籍，中国网多语部西班牙文专家，《彭瑞话中国》栏目主持人。他以新颖的观点和生动的语言为观众呈现中国的科技进步、经济增长、社会进步、文化繁荣等方方面面，精心讲述中国故事，使该节目成为西语对象国受众认识和了解中国的重要渠道。

"晋江经验"助力脱贫攻坚

位于中国东南沿海的福建省晋江市,是一座拥有 200 多万人口的海边小城,连续多年位居福建省县域经济总量第一位,跻身全国百强县市前十,近两年 GDP 都超过 2000 亿元。但是,在改革开放前,这个小县城却是中国远近闻名的贫困县。

那时的晋江,人均 GDP、人均收入都低于全国平均水平,相当一部分人连基本温饱问题都没有解决。1978 年,中共十一届三中全会提出以经济建设为中心,开启改革开放新时期的序幕。一大批有

☆ 54

▲ 晋江景色

志气、有拼劲、肯吃苦的晋江农村能人怀着摆脱贫困的初始梦想，勇闯新路，晋江迎来了草根工业崛起，实体经济开始蓬勃发展。到21世纪初，晋江跃入全国百强县市前十。1996年至2002年，先后担任福建省委副书记、省长的习近平，在这6年间，七次到晋江调研，从晋江的发展中总结出"晋江经验"，其最鲜明的特色就是大力发展实体经济，改革创新，全面发展。于是，在"晋江经验"指引下，当地民营企业投身实业链条各个环节，做专做精，培育出纺织服装、制鞋、建材陶瓷等多个百亿、千亿产业集群。就这样，爱打拼的晋江人抓住时代机遇，也凭着"敢为天下先"的信念，创造了经济发展奇迹。

出生于1962年的福建茂盛集团董事长庄永聪，就是这批抓住历史机遇的"能人"之一。他出生在农村，贫困的生活使他初中毕业就辍学，到农机厂当了学徒。改革开放后，他接触到铝合金门窗制作和建筑幕墙装修，于是他抓住机遇、大胆尝试，在20世纪90年代成立了建材和装修公司。随后的二十几年里，公司不仅在全国设

▲ 福建茂盛集团的工人正在进行建筑装配 　　▲ 福建茂盛集团董事长庄永聪给菲利普讲解装配式建筑

▲ 晋江建筑工业工厂 　　▲ 晋江制造业工厂

▲ 晋江景色

立十多家分支企业，业务还涉及高新技术建筑材料和房屋集成系统研发、乡村旅游等多个方面。

庄永聪表示："得益于改革开放政策，有好的市场可以让我们发挥想象，让我们去做想做的事情。到了党的十八大以后，转型升级、建筑产业工业化这些让我们很受鼓舞。"因此，在这几年里，庄永聪不断拓展业务，每年完成几十个项目，获得了国家鲁班奖等奖项，实实在在地走上了脱贫致富之路。

在实现自我发展的同时，也不忘回馈社会。为了更好地响应国家振兴乡村的政策，庄永聪把自身研发的装配式节能建筑作为推动振兴乡村的一个推手，建立了一个旅游科技公司。通过乡村旅游，使城里的人来乡村休闲度假，为推动乡村脱贫致富贡献出自己的一份力。此外，在2020年疫情期间，由于庄永聪的公司有二十几年装配式建筑的研发经验，因此，他们其中的300人前往武汉，参与了雷神山医院、火神山医院的建设，在最短的时间内完成了最艰巨的任务，为抗击新冠肺炎疫情做出贡献。

"由农到工、由贫到富、由弱到强",晋江实现了由贫困县到"福建第一""全国十强"的惊人跨越。多年来,中国在摆脱贫困的道路上勇于探索、坚持不懈,闯出一条条各具地方特色的经济发展道路,也为世界减贫事业贡献中国力量。

主持人点评

中国在脱贫攻坚道路上的成就源于每座城市所创造的奇迹,晋江就是最鲜明的例子。晋江的发展奇迹,得益于改革开放,得益于"晋江经验"。老一辈企业家壮心不已、奋斗不息,新生代创业者风华正茂、蓄势待发,他们抓住这些时代机遇,越过贫困线,走上致富路。一代代晋江人在新时代当好"晋江经验"传承者,不断续写脱贫致富的新篇章。

供稿单位：中国网

外籍主持人：［秘鲁］彭瑞（Rebeca Phang）

彭瑞（Rebeca Phang）

秘鲁籍，中国网多语部西班牙文专家，《彭瑞话中国》栏目主持人。2019年"中国政府友谊奖"获得者。她以独特的视角和观点为观众呈现中国的科技进步、经济增长、社会进步、文化繁荣等，带来精彩的中国故事，使该节目成为西语对象国受众认识和了解中国的重要渠道。

"天梯上的村庄"走出特色脱贫路

山高险阻、交通不便,是中国西部地区发展相对滞后、贫困发生率高和脱贫难度较大的一个重要原因。因此,位于山区的深度贫困地区如何突破交通困境、实现脱贫致富始终是一个难题。带着这个疑问,记者彭瑞深度探访了四川省汉源县古路村,这个成功走出贫困的典范村庄。

古路村是一个位于四川大渡河大峡谷入口绝壁之上的彝族村落,又被称为"天梯上的村庄"。以前,进出村子的"路",其实是一条条铺悬于绝壁上、用木棍和藤绳搭建的梯子。村民出行不仅耗费

▲ 古路村"骡马道"

▲ 古路村航拍景色

大量时间，而且极其危险，稍不留神，就会坠入悬崖，因此这里几乎成了一个与世隔绝的地方。

2003年，政府出资，在绝壁上凿出一条几十厘米宽的路，可以通行骡马。骡马道尽管只有不到4公里，但垂直高差近千米，年轻人走一趟也要几个钟头。山高路远，村里种的核桃没人愿意来收，只能靠人背马驮运送出去。村民们一致认为，古路村要摆脱贫困，必须解决运输问题：骡马道毕竟不是公路。

可是，要想彻底解决这个难题并不是那么容易。修公路的造价要以亿元计算，而且还破坏当地生态。当地政府冥思苦想、反复调研，最终，一个造价2340万元的架设索道方案脱颖而出。2016年8月，一条跨度750米的索道建成，从通公路的山头到村口只需3分钟。这不仅保留了骡马道，还解决了村民快速出行和农产品运输的问题。于是，曾经在悬崖上与世隔绝的村民，终于用上了电，喝上了自来水，安装了宽带网络，修建了机动车通行公路，将家畜家禽和农产品卖了出去，还发展了核桃种植等农业产业。不仅如此，索道又将客货运输和旅游观光融为一体，不少游客被"游古道、赏峡谷、尝特产"的乡村特色吸引而来，有村民为此办起了农家乐，部分贫困户也经营起纯天然的土特产。2018年底，古路村摘下了"贫困村"的帽子，走向脱贫致富之路，村民们的日子一天比一天过得更有劲头。

古路村这座"天梯上的村庄"，打破传统思维，不修公路修索道，走出了一条踏实的农业产业和生态旅游融合发展的脱贫之路，是中国精准扶贫的成果。

▲ 古路村修建的索道

▲ 修建索道后，古路村开心的村民

主持人点评

"天梯村"不仅将"硬件"进行了升级,还保护了峡谷、原始森林等自然资源,将脱贫攻坚和发展旅游业结合起来,真正做到了因地制宜、精准扶贫。这种可持续的扶贫发展经验,为中国脱贫致富成果带来新的期待。

供稿单位：中国外文局煦方国际数字文化传媒有限公司
外籍主持人：［英］赵思迪（Josh Arslan）

赵思迪（Josh Arslan）

现任中国外文局煦方国际数字文化传媒有限公司英文编导、记者、主持人。曾任中央电视台新闻频道英文编辑。2019年2月获中国外文局2018年度优秀外宣作品评选"优秀短视频奖"；2019年3月获得2019年度"新春走基层"活动"脚力、眼力、脑力、笔力"优秀作品奖；获得2019年度中国外文局优秀外籍员工。

高德荣：带领独龙族奔小康

高德荣已经66岁了，在退休前，他是独龙江县的县长。独龙江县隶属云南省怒江傈僳族自治州，与缅甸国接壤，是独龙族的聚居地。

1975年8月1日参加工作，过去40年中，高德荣一直致力于扶贫工作，可以说，他的梦想就是带着独龙族乡民致富奔小康。

独龙族是全中国人数最少的少数民族之一，仅有约7000人。独龙族在这片偏远山区居住生活已经有几千年历史，早在约2000年前的汉朝时期，他们就来到这里定居。独龙族没有自己的文字，语言仅靠口耳相传，新中国成立前，一直靠刻木记事传达信息，用结绳来计算时间。

▲ 高德荣和赵思迪谈论独龙江人的文化习惯

"从汉话不会听、不会说,文字没有、不识字,到会说汉话、有文字、能沟通,会读写汉字。"高德荣说。

贫困不仅仅是少数民族独有。根据联合国最近的一份报告,2016年,至少有5.7%的中国农村地区处于贫困状态,这一数字如果放到中国的西部地区将上涨到10%,在某些少数民族聚居地甚至高达12%。

以云南省为例,2018年底,云南的农村地区有超过18万贫困人口,占中国贫困人口的13.1%;2020年初,云南全省仍然有大约40个贫困县,也是全国最多的。

对高德龙来说,政府出钱修路、资助他们盖房、发展旅游经济让他看到"富起来"的希望。

云南省扶贫最主要的一项工作,就是打通乡村地区与城市地区的道路。1999年,当地建成一条长80公里的水泥路。但这里的气候很糟糕,一年有六个月下雪,一下雪道路就封闭。他们需要建条隧道。独龙江隧道修了足足4年,2013年投入使用。有了这条隧道,独龙江公路将不再受冬季封山影响,可全年通车。

"高黎贡山隧道通车就是第三次突破。过去,去县城要走7天路,现在只要2个小时,过去封山半年,现在也不封山了。"高德荣说。

隧道不但帮当地群众打通了外出的通道,更吸引大量游客来访。发展旅游也是当地开展扶贫的重要对策。

五里村是怒江傈僳族自治州风景最美的地方之一。当地政府计划把这里打造成一个展现民族风情、地域特色的旅游胜地。村里酒店设施已建成,但受交通条件不便限制,目前还没有游客。村民说他们计划2020年底正式对外营业,意味着年底前必须解决交通问题,这也是高德荣反复强调的——要致富,先修路。

高德荣说,除了修公路、挖隧道,当地还兴建了不少学校。当地人告诉记者,高德荣一直非常看重发展教育。"他知道教育是第一位的。如果教育跟不上,国家给再多的钱,也是会返贫的。"现在,当地学生可以享受14年的免费义务教育。

高德荣40多年的扶贫经历,可以看作是中国政府开展扶贫事业

◀ 赵思迪和当地孩子交流在学校学习的情况

◀ 和怒江当地的孩子们一起运动

的一个缩影。如今，独龙族已经实现了全部脱贫，是中国第一个实现整族脱贫的少数民族。不过，仍然存在重新返贫的可能性，尽管这一比重仅有2.6%。

在政府支持的大背景下，高德荣也一直鼓励他的乡民，要更加独立，要在保护环境的前提下，充分运用手头的自然资源来创造收入。

"现在人均有6000块钱的收入，原先一分钱都没有。但人均6000块钱是满足不了我们的，要保证基本生活，人均年均收入至少要达到3万元以上。"高德荣说。

主持人点评

在云南独龙江采访时，我们一行人走了700多公里，看到了许许多多的发展故事，但我认为最有意思的故事是，每一个州县，每一个乡村，他们的扶贫措施都非常具体，而且针对不同情况各具特点。每个地区都能根据自己的实际需求，以及需要发展的优先顺序来制定脱贫目标。我听当地人说，摆脱贫困实际上包括两部分，扶贫和脱贫，即正在进行的工作和已经取得的进展，这两部分也正是中国朝着消除贫困这一目标大步迈进的关键所在。

供稿单位：今日中国杂志社

外籍主持人：［法］朱利安·布菲（Julien Buffet）

朱利安·布菲（Julien Buffet）

　　法国东方语言文化学院国际关系学博士，今日中国杂志社新媒体部外籍雇员，出镜主持"第三只眼看中国"法语版短视频。

"悬崖村"村民下山记

四川省凉山彝族自治州昭觉县阿土列尔村海拔1700米,村民进出村子都要通过2000多阶通天钢梯,攀爬落差800米的悬崖,这就是"悬崖村"的由来。山高路陡曾一度阻断了村子与外界的联系。在没有钢梯之前,村民上山下山都要攀爬依附在崖壁上的藤梯,出行难成为这里群众摆脱贫困的一道无形障碍。

由于交通不便、经济落后,生活在贫困中的彝族群众期盼有一天能够走出大山。

借助易地搬迁政策,2020年5月12日至14日,阿土列尔村

▲ 阿土列尔村的 2000 多阶通天钢梯

84户建档立卡贫困户344口人，陆续搬出世代居住的老屋，他们带着家当，坐上等候的汽车，走进县城集中安置点的新家。只需现场领一把房门钥匙，他们就可以拎包入住。

新家内家具家电，安置点内超市、学校、篮球场、活动室等配套设施一应俱全，村民们悬着的心踏实了。

搬出大山是第一步，村民们在新环境里靠什么生活？像"悬崖村"的村民一样，昭觉县2020年将有超过1.8万名贫困群众陆续搬进新家。为解决贫困群众增收问题，县里已在安置点周边启动建设十多个现代农业产业园，就近解决搬迁群众的就业问题，并通过发展产业带动致富。而原来的"悬崖村"，因发展旅游而吸引了众多游客，旅游经济也将成为带动当地民众增收的重要手段。

悬崖村只是中国易地扶贫搬迁的一个缩影。易地搬迁是中国减贫脱贫的成功经验之一。目前，中国已建成扶贫搬迁安置住房266万余套，960多万贫困人口通过易地搬迁摆脱了"一方水土养不活一方人"的困境。

▲ 阿土列尔村村民的新生活

▲ 阿土列尔村村民借助易地搬迁政策搬到山下

▲ 易地搬迁安置点内的厕所干净整洁

主持人点评

"天梯村"不仅将"硬件"进行了升级,还保护了峡谷、原始森林等自然资源,将脱贫攻坚和发展旅游业结合起来,真正做到了因地制宜、精准扶贫。这种可持续的扶贫发展经验,为中国脱贫致富带来新的期待。

供稿单位：今日中国杂志社

外籍主持人：［法］朱利安·布菲（Julien Buffet）

朱利安·布菲（Julien Buffet）

　　法国东方语言文化学院国际关系学博士，今日中国杂志社新媒体部外籍雇员，出镜主持"第三只眼看中国"法语版短视频。

绣出来的美好生活

　　四川省凉山彝族自治州普格县是一个以彝族为主体的少数民族聚居县、典型的高山农业县，也是国家级深度贫困县。在普格县德育村，当地通过国家级非物质文化遗产彝绣，带动村里的妇女们用手中的针线脱去了贫困的"帽子"。

　　德育村村民祖祖辈辈依靠有限的高山耕地种植烟草为生，村里的生活条件一直处在深度贫困状态。2017年底，王新来到德育村挂职第一书记，他发现，村里的很多妇女都有一定的刺绣基础，再加上村子紧邻国家4A级景区螺髻山和九十九里温泉瀑布，开始思考通过彝绣带动贫困户就业增收的问题。

四川省凉山彝族自治州螺髻山镇德育村第一书记王新说:"以前村民认为,彝绣就是把它绣上去,颜色是传统的颜色就可以了。这样的东西粗糙价格高,没有市场竞争力。我们把所有愿意来学彝绣的村民,在这(组织)为期6个星期的教学。从最开始怎么构图,到剪花边,到逐渐把层次加深,来教会她们。67户(贫困户)301人中,大概有120人接受了彝绣培训。"

彝绣有上千年的历史,是国家级非物质文化遗产,也是彝族文化的重要载体。德育村彝绣工坊通过刺绣培训,不但传承了传统文化,也为贫困户增加一技之长,带动他们居家灵活就业。

56岁的普格县德育村彝族村民普开芬说:"家里没脱贫的时候,每个月只有几百块钱的收入。在他们的帮助之下,我们也在努力,(月收入)都上千了。"

2019年3月,德育村成立了第一家乡村旅游专业合作社,开始用做企业的思维来发展村集体经济。紧接着,"妞妞嫫"品牌下的

◀ 朱利安采访螺髻山镇德育村第一书记王新

◀ 朱利安跟彝族绣娘学刺绣

一系列文创产品和农特产品逐渐被开发出来。2020年7月，随着"朵洛荷"民宿（妞妞嫫驿栈）的建成，德育村又启动了螺髻山脚下的特色旅游小村产业集群。王新书记说："咱们的产业集群做成后，我们要把彝绣产业基地落地到这个地方，通过我们的电子商务妞妞嫫乡村旅游专业合作社，带动一部分订单。"

彝绣作为非物质文化遗产，亟待被开发和保护，而传承保护非遗也需要年轻一代加入。德育村的村民们在亲手绣出自己美好的未来。

▲ 精美的彝绣背包

主持人点评

在四川贫困地区采访期间，我去了凉山州普格县。那里通过国家级非物质文化遗产彝绣，带动村里的妇女们用手中的针线脱去了贫困的"帽子"。在实现改善百姓生活的同时，还实现了少数民族传统文化的传承和发展。

中国政府在脱贫工作中，做到了"不抛弃，不放弃"，认真对待每一位贫困的人民，这一点是值得赞扬的。

供稿单位：北京周报社

外籍主持人：[印度]苏德什娜·萨卡（Sudeshna Sarkar）

苏德什娜·萨卡
（Sudeshna Sarkar）

北京周报社外籍专家苏德什娜·萨卡（Sudeshna Sarkar）在华生活已近10年。2020年春节，她出镜主持的《外国大姐赶大集》视频，获得中宣部2020年"新春走基层"活动中央新闻单位优秀作品。

希望工程：教育如何阻断贫困在中国的代际传递

2020年9月，我与同事去了毗邻北京的河北省涞源县——一个风景如画的山区小县城。尽管离北京只有3个小时的车程，涞源却鲜为人知，游客罕至。

虽然我已在华生活了10年，但直到临行前我才知道中国有个地方叫涞源。它是希望工程的发源地。希望工程之于中国农村教育的意义，不亚于1978年改革开放之于中国经济发展的意义。

20世纪80年代，涞源县桃木疙瘩村有3间摇摇欲坠的土房子，白天上课，晚上圈羊。这就是村里仅有的学校——桃木疙瘩小学。

那时候的教室，很多窗玻璃都掉了，用破旧的塑料布盖着。冬天，刺骨的寒风会从窗户钻进来。大部分孩子都赤着脚，衣衫褴褛，在寒风中瑟瑟发抖。一到下雨天，雨水从简陋的屋顶滴下来，有时会沿着墙淌过黑板，模糊了板书。

然而，当我们到达时，看到的学校却与往昔大不相同。进入校门，映入眼帘的是一幢白色的现代化教学楼，还有几栋配楼井然有序地排列着。除了教室，学校还为学生配备了音乐室、微机室、图书室和宿舍。篮球场和足球场设施齐全。这正是桃木疙瘩小学的升级版——东团堡中心小学。几经搬迁合并，桃木疙瘩小学被并入了东团堡中心小学。该校副校长张胜利告诉我们，以前桃木疙瘩小学只有13名学生，而如今东团堡中心小学有328名学生。

虽然与张胜利素未谋面，但我却觉得他看起来很面熟。我突然想起来，在进入主楼之前，有个展览室。那里有许多人的照片，张胜利就是其中之一。那个展览室小巧而紧凑，墙上的照片讲述着这所学校的故事，也讲述着中国农村教育改革项目——希望工程的故

▲ 希望工程首批受助学生之一、东团堡中心小学副校长张胜利

▲ 时任涞源县政协副主席车志忠（左）及其女儿车小乔

事。在这些故事里，有中国国家领导人的身影，也有受助学生的面孔。这些学生让其母校和祖国为之感到光荣。

从希望工程男孩到一校之长

1988年，张胜利12岁。那一年，张胜利极其郁闷。父亲生了重病，让张胜利中途辍学，挣钱养家，照顾弟弟妹妹。那时候，张胜利每天上山捡柴火。展览室里有一张照片重现了张胜利当年背柴时的情景。

但是，张胜利很渴望上学。1987年，他和同学在学校里第一次见到了汽车。从车里下来的"伯伯"和蔼可亲，与衣衫褴褛的孩子们亲切交谈。当得知孩子们都在上学，他嘱咐孩子们，要好好学习，将来帮他们上大学。后来，孩子们得知那个亲切的"伯伯"叫车志忠，时任涞源县政协副主席。当时，车志忠去村里考察旅游资源。

那次见面给张胜利留下了深刻的印象。于是，他鼓起勇气提笔给车志忠写了一封信。信中写道："车伯伯，您好！您今年打的粮食够吃吗？我们很想上学。可是，家里穷，我爹不让我们上学。我们想念出书来，像您一样做一个为国争光的人。"

除了张胜利，我们还拜访了车志忠及其女儿车小乔。车老今年已经82岁了。两年前的一个秋天，车老意外摔伤，身体每况愈下，已经无法讲话。凭着记忆，车小乔为我们还原了旧日往事。这些故事还原了中国教育脱贫的来龙去脉，屡见报端，广为传颂。当车小乔向我们讲述往事时，坐在一旁的车老时不时地点头。

冥冥之中，自有安排。车志忠收到张胜利来信的时候，共青团中央和中国青少年发展基金会也正打算启动希望工程，帮助贫困地区失学儿童。车志忠建议，资助桃木疙瘩小学的13名失学儿童，并以此为契机启动希望工程。就这样，1989年，桃木疙瘩小学13名孩子的命运发生了变化。

张胜利坦言："如果当时没人帮我，我可能就会沦为乞丐，或成为打杂的农民工。对于深陷贫困的人来说，教育和科技是改变命运最重要的两个因素。我们那个时候，如果一家出一个大学生，他的收入就可以养活整个家庭。"

张胜利的观点几乎与美国经济学家杰弗里·萨克斯（Jeffrey Sachs）的见解不谋而合。哥伦比亚大学教授萨克斯在以"如何终结贫困？"为主题的中美专家研讨会上表示，技术革新带来了经济和社会数字化，使至少半数没有接受过高等教育的美国家庭变得越发落后。要想过上体面的生活，教育至关重要。

喜闻乐见的"代沟"

在偏远、人迹罕至的农村地区，文盲与贫困形影相随，世代相传。

对此，中国领导人十分重视。2015年教师节前夕，中国国家主席习近平指出："扶贫必扶智。让贫困地区的孩子们接受良好教育，是扶贫开发的重要任务，也是阻断贫困代际传递的重要途径。"

20世纪80年代，中国发起希望工程的初衷，正是为了保障贫困地区的基础教育。涞源县地处太行山腹地，交通不便。在抗日战争和世界反法西斯战争期间，涞源县曾是中国共产党晋察冀抗日根据地的一部分。但一直以来，交通不便成为制约涞源发展的瓶颈。因此，希望工程在这里铺下了第一块砖，以期扫除文盲，阻断贫困的代际传递。截至2019年9月，希望工程在中国的贫困地区建立了20,000余所小学，资助了近600万名学生。

东团堡中心小学展览室资料显示，1992年学校有个姓周的学生，受到了一位匿名好心人的赞助。多年后，周同学才知道，那名好心人就是中国国家领导人邓小平。

▲ 东团堡中心小学学生

　　张胜利的故事，生动阐释了教育如何阻断贫困的代际传递。他有两个孩子，小女儿尚在襁褓之中，大女儿在读大学。

　　毕业后，张胜利放弃了在大城市工作的机会，回涞源教书。涞源曾是河北省最穷的 10 个县之一。怀着感恩的心，他想将爱传递下去。他认为，中国贫困的根不是在北上广那样的大城市，而是在农村。为什么穷？还是没文化。他说："这使我决心回到家乡教书，教那些因贫困而念不起书的孩子。"

正因为有像张胜利这样的人，中国教育扶贫的故事得以延续。如今，涞源已有26所希望小学。自2013年开始，涞源县在农村实现了15年免费教育，从学前教育到高中，着力消除辍学现象。2019年，涞源县的学龄前儿童入学率为99.78%，而中小学新生入学率达到100%。

时至今日，车志忠还在为儿童教育出力。车小乔接过父亲手中的接力棒，从事慈善工作，为贫困家庭孩子提供书籍、衣服和医疗服务。登门拜访车老时，我们遇到了一个初一的女孩，叫董海燕，管车志忠叫爷爷。小海燕家境困难，虽然有义务教育的保障，但其父亲患有精神疾病，无法享受到正常家庭的温暖。从车志忠家里，她得到了家人般的温暖和支持。

新冠肺炎疫情期间，医务工作者的可贵精神使海燕深受感动。长大后，她想当一名医生。时间会告诉我们，她是否能梦想成真。只要她能继续接受教育，自食其力，即使没能当上医生，也能向世人证明，教育能阻断贫困的代际传递。

主持人点评

教育是摆脱贫困的重要途径。近年来，中央与地方政府加大投入，改善学校硬件条件。在宁夏和西藏等偏远地区的学校里，建有现代化的教学楼，配备实验室、计算机等教学设施，令人称赞。如果每一个村庄都能配备这样的教学硬件，哪怕是教育水平没能提高，至少可以加强人们对教育的关注。

另一重要因素是师资力量。一位老教师曾告诉我，高素质人才大都不愿当乡村教师。因此，尽管乡村学校能拥有与城里学校一样的教学楼和硬件设施，但师资队伍的素质远不如城里的同行。

我认为，可以从以下几方面着手解决这个问题。一是通过培训，培养乡村教师。二是开展远程在线教育，连接乡村学校与发达地区的学校，开展"一对一"帮扶，让农村学生也能接触到优质的教育资源。三是招募城市或外国志愿者到乡村支教。四是鼓励来自发达地区学校的教师，像乡村医生一样，扎根农村，支教一段时间。

供稿单位：煦方国际数字文化传媒有限公司
外籍主持人：[英]赵思迪（Josh Arslan）

赵思迪（Josh Arslan）

现任中国外文局煦方国际数字文化传媒有限公司英文编导、记者、主持。曾任中央电视台新闻频道英文编辑。2019年2月获中国外文局2018年度优秀外宣作品评选"优秀短视频奖"；2019年3月获得2019年度"新春走基层"活动"脚力、眼力、脑力、笔力"优秀作品奖；获得2019年度中国外文局优秀外籍员工。

深入云南，探寻教育带来的扶贫新希望

中国有一半的人口居住在农村，几十年来，农村地区的孩子所受的教育一直落后于城市地区，因此政府一直致力于大力发展农村教育。

中国城乡教育的差距在高中阶段尤为明显。中央政府在云南省大力推进缩小城乡间的教育差距，从政策和财政上支持当地学校，开展教育。

在王开富看来，帮扶的方式有两种：除了提供财政资助，也共享人力资源和信息。王开富是云南省禄劝彝族苗族自治县教育体育

局局长。

禄劝一中位于资助名单中。

30多年前，刘正德是禄劝县第一中学的高中生。在刘正德的记忆里，那个时候，禄劝一中的规模很小，占地面积只有17.6亩。而且印象最深的是，当时的学校住宿和饮食条件都比较差。

"而现在，学校的占地有174亩，面积扩大了将近10倍。"现在的禄劝一中校长刘正德告诉记者。

这里的高中生学习的科目包括科学、数学、美术、英语等。由于乡镇地区没有高中，禄劝一中的高中生大多是从乡镇、农村地区来的，这是云南省实施的教育帮扶模式——在县市和乡镇的高中学校之间建立合作关系。在禄劝县，一些中学会从包括茂山在内的乡镇学校招生。

茂山中学是一所农村寄宿制学校，离县城18公里，很多学生来自于周边的十个村，最远的农村离茂山中学有30公里。茂山中学有619名寄宿学生，少数民族学生有289人，其中很多是苗族学生，茂山中学校长袁文权告诉记者。

▲ 赵思迪和学生一起参与课堂内容

▲ 赵思迪在给云南昆明的学生们讲英语课

能上学就意味着要花钱。不过，对从茂山来到禄劝一中的农村学生来说，当地政府为他们免除了学费，并且提供生活补助，每名学生每年可以享受3500元（约合500多美元）的补助。"三免一补"政策让禄劝这个贫困县的孩子们拥有了上学的机会。"我们有了更好的学习环境，可以接受更多的文化，有更好的未来。"禄劝一中的学生杨晓鸿信心满满地说。

有当地政府资金的支持，辍学的高中生数量越来越少。这点很重要。因为在中国的九年义务教育中，政府对学生的资助只到初中阶段。

在和记者的交谈中，云南省禄劝彝族苗族自治县教育体育局局长王开富说，2016年，禄劝政府的教育经费支出为7.9亿元人民币（约合1.13亿美元），当年的地方财政收入是6.3亿，教育经费很大程度来自中央财政的支持。

对于禄劝这样的地方来说，7.9亿是很大的一笔钱。但根据教育部的相关信息，这也只占北京、上海等一线城市2017年度教育经费的一小部分而已。

近年来,中央政府一直在推进农村地区教育的发展,相关经费支出超过了GDP的4%。

政府的工作取得了明显成效。中国国家统计局的数据显示,2014年,95%的学生在初中毕业后能够继续接受高中教育,而在2005年,这个比例只有40%。

彭博新闻社的报道称,超过60%的中国劳动力没有高中学历。随着中国经济的转型,向更先进的数字经济发展,中国需要具有高技能和专业知识的劳动力,比如数学、语言和计算机等方面的专业人才。而这只能通过高等教育来实现。

学生们努力学习之外,基础设施和投资的协调发展更促成了人才转型的机会。

每年,昆明八中会从昆明的远郊县和农村招收学生。"我们称之为郊县班的学生。"副校长陈超说,"从2009年到2019年这11年间,我们总共招收了18个班的学生,总计900名学生在八中就读。

2018年，我们总共资助了601名学生，总计金额达到525750元，主要来源于中央政府和云南省昆明市五华区等配套财政资金。这些资金以现金的方式，直接打到学生的银行卡上。"

昆明市五华区教育体育局副局长赵坚在接受采访时表示："保证我们每一位农村的孩子考上学校后，能在党和政府的关怀下，安心读书，通过自己的努力，成为对社会有用的人才。"

主持人点评

深入了解了云南当地发展教育扶贫后，我认为教育，尤其是缩小城乡间教育差距是中国发展的首要目标。中国当前需要的是具有高级技能和专业知识的劳动力，如数学、语言和计算机方面的专业人才，而这些只能通过高等教育来实现。基础设施和投资的协调发展，更促成了这些机会。而云南省这种城乡结合的教育模式成效初显，将会在全国起到示范作用。

供稿单位：今日中国杂志社
外籍主持人：［法］朱利安·布菲（Julien Buffet）

朱利安·布菲（Julien Buffet）

法国东方语言文化学院国际关系学博士，今日中国杂志社新媒体部外籍雇员，出镜主持"第三只眼看中国"法语版短视频。

农民夜校：用知识助脱贫

四川省凉山彝族自治州喜德县冕山镇的小山村，地处海拔 2400 至 4500 米的高寒山区，全村共 332 户 1340 人，文化程度普遍偏低，缺乏农业种养殖技术，这也是小山村无法走出贫困的主要原因之一。

2015 年，当时的驻村第一书记吴霄在一次全体村民会上给大家播放了一套生猪养殖教学光盘，这点燃了村民学习农业种养殖技术的热情。2016 年 7 月，小山村农民夜校正式成立。在农民夜校里，农民可以自主选择感兴趣的课程，从畜牧业，到农林栽种，再到法律法规、农牧管理，甚至健康教育。

▲ 小山村农民夜校

每年8月是牲畜疫病高发的季节。今天，喜德县农业局的农技员专程过来给村民讲防疫，32岁的农民巴久布都一早就从山上赶来听课，他要向农技员咨询如何给羊驱虫。巴久布都说："羊的驱虫要驱得好，它才能长得很好。"而说起这个，农技员拉马伍沙说："他们最先还是不相信科学，（不相信）这个防疫疫苗。但是2017年以来，经过预防免疫（学习），他们相信了科学以后，就很少有（牲畜）死亡。"巴久布都告诉记者："2016年我们村上成立了农民夜校，我在这个平台上学习养殖技术，之后扩大了养殖规模。我家（羊）的养殖，已经从20只发展到现在的120只。这两年的养殖收入每年平均在4万到5万元左右。"

德县小山村驻村帮扶副书记廖堃喜说："虽然说咱们叫农民夜校，但是学习的时间不固定，并不是全部在晚上，白天也行，中午也行。学习的地点不单单只是在教室，也可以在广场，在田间地头，甚至在村民家里。从农民夜校成立至今，已经有700人次在夜校进行过培训。现在，农民夜校有专业教师、专职教师25名，由他们固定为村民进行讲课。剩余的兼职教师是在村民有自己需求的时候，会请他们（来授课）。"

邀请不同领域的专家到村授课，对村民们进行面对面、手把手的教授释疑，提高了群众致富增收的能力。作为四川省第一个"农民"夜校，这里成为村民学习知识和技能的平台，也为其他类似的贫困村提供了很好的经验。

▲ 农民准备听课

主持人点评

　　知识改变命运,作为四川省第一个"农民"夜校,四川省凉山彝族自治州喜德县冕山镇小山村的农民夜校成为村民学习知识和技能的平台,也为其他类似的贫困村提供了很好的经验。

供稿单位：中国报道杂志社
外籍主持人：［埃及］吴菲（Wafaa Ezzat）

吴菲（Wafaa Ezzat）

记者（埃及美国混血），一直对中国文化很好奇，在大学时选择汉语言文学专业。毕业之后，来到中国传媒大学读研究生，至今在北京生活、学习、工作7年多了，在这个过程中，感受到了底蕴深厚的古老中国和发展迅速的现代中国。在中国报道杂志社的东盟报道编辑部工作，目前已经有3年多的时间。工作内容包括运营英文海外社交媒体平台，在短视频中做主持人，研究并提交故事创意，完成采访，编辑文章等。

广西三江：农民画绘出脱贫致富路

广西三江侗族自治县独峒镇独峒村，地处广西、贵州、湖南三省（区）交界处，离县城有差不多两个小时的车程。在这个偏僻的侗族村寨里，勤劳可爱的侗族农民，农忙时扛起锄头耕田犁地，农闲时则挥洒笔墨描绘自己的生活百态。从锄头到笔头，侗族劳动人民笔下的一幅幅画作，以其独特的民族文化艺术内涵和风格，漂洋过海，畅销国内外，成为他们脱贫致富的重要"法宝"。

2020年9月20日，《中国东盟报道》主持人吴菲来到独峒镇政府大院，一进门便被一整面墙的巨幅侗族农民画所吸引。这幅画描绘了侗家人的民风民俗，造型夸张多变、色彩鲜艳，有其独特的民族文化艺术特色。

进入位于二楼的大画室，一幅幅大小不一的农民画作映入眼帘。这些画里记录着侗族抢亲、春种秋收等日常生活场景，以及鼓楼、服饰等特色鲜明的侗族元素，着实生动有趣。在画室中央的桌子旁，

▲ 墙上色彩鲜明、人物生动的农民画

村民杨功存和他的妻子以及一群中年妇女正在作画。杨功存是独峒村众多侗族农民画师中的一个。他说："我们村里人不会打牌，也不懂麻将是什么。但是我们喜欢画画，平时干农活和日常生活中的情景，我们想到什么就画什么。"

早在20世纪80年代，广西三江侗族自治县就出现过一批土生

▲ 村民杨功存和他的妻子以及一群中年妇女正在作画

土长的侗族农民画家，随着政府对侗族农民画的大力扶持，侗族农民画家队伍逐渐发展壮大，仅独峒村一个村就有500多名农民利用农闲时间创作。三江侗族农民画作者大都是农民，其中有夫妻、父子，也有祖孙几代都参加农民画创作。他们没有受过系统的专业训练，全凭自己的想象，从日常的生产生活中汲取灵感，进行创作。

杨功存是三江侗族农民画市级传承人，他从小喜欢画画，但没有接受过系统的专业培训。20世纪80年代，在三江侗族自治县美术宣传小组老师刘克清的指导下，杨功存开始进行农民画创作。受杨功存影响，他的妻子和6个孩子都喜欢上了侗族农民画创作，他们家有两个孩子因此考上艺术院校。

吴菲来到正在认真作画的吴培利身旁，她告诉吴菲，几年前开始学画农民画之后，她经常来到这里和大家一起画画，出于对画画的喜爱，常两三天就可以完成一幅简单的农民画作品。创作农民画在丰富生活之余，也为她带来了额外的经济收益，生活得到了极大改善。

▲ 主持人吴菲与村民吴培利就农民画创作进行交流

独峒镇作为侗族农民画的发源地和传承地，2008年荣获国家文化部"中国民间艺术之乡"美称，2012年侗族农民画被列入广西非物质文化遗产名录。侗族农民画已有2000多幅被国家文化部作为国礼送各国使馆收藏，500多幅作品被全国各地博物馆收藏，3万多幅作品成为景区、酒店、宾馆饰品。三江侗族农民画已经成为一道独特亮丽的风景线，并创造了良好的经济效益。

独峒镇党委副书记吴鑫告诉吴菲，在镇党委、政府的大力扶持下，侗族农民画产业已成为农民增收的重要渠道之一。2019年，侗族农民画画家群体每月人均绘画收入达到3000元左右。侗族农民画画家近期尝试对农民画进行漆画改造，把原来的锅墨、蓝靛、水彩等颜料，改为桐油、漆、碳粉、银粉、铜丝和蛋壳等材料，后期再进行抛光、装裱等，使侗族农民画更易保存，更具经济价值。

关于打造侗族农民画产业、加速脱贫步伐，吴鑫表示，接下来将继续打造以农民画为载体的多样化产品，如簸箕画、服饰、扇子、布艺、十字绣、粘画等，构建农民画衍生品产业链，展示侗族农民画的艺术魅力，把农民画更好地推广出去。

主持人点评

广西的少数民族人口众多，各族人民创造了丰富多彩的文化，利用少数民族优秀的文化来脱贫是件很了不起的事情。广西三江的独峒镇独峒村就做到了，通过其非物质文化遗产侗族农民画实现了脱贫。

通过采访，我了解到侗族农民画题材贴近生活，侗族农民画画家把侗族人民日常生活中的场景画在了纸上、簸箕上，也印在了手机壳上，十分有趣。农民画与西方国家的绘画风格不同，在内容和形式上没有任何约束，也没有规定必须用油彩作画。在和一位作画的阿姨交谈的过程中，她告诉我她来这里画画只是出于单纯的喜欢，看着她的笑容，我也体会到了画画给她带来的快乐。

了解到目前农民画获得收益的主要方式是售卖画作或使用在一些日常用品和工艺品上，我想如果农民画能有更多的形式、更加实用，也许在国外会十分受欢迎。

供稿单位：中国网

外籍主持人：[埃及]侯萨穆·埃莫拉比（HOSAM ELMAGHRABI）

侯萨穆·埃莫拉比
（HOSAM ELMAGHRABI）

埃及人，2005年来华工作，2010年开始担任中国网阿拉伯语审定稿专家。

为了更多地了解中国、感知中国，也为了向阿拉伯国家"讲好中国故事"，2017年侯萨穆和同事们共同策划了中阿双语短视频节目《阿拉伯人"心"体验》。三年来，侯萨穆几乎走遍了大江南北，见识了中国各地的风土人情，他极具亲和力的主持风格受到阿拉伯国家读者的一致好评。

多年来，侯萨穆致力于向外国读者讲述中国故事，向世界传递来自中国的声音。2017年，由于贡献突出，他荣获"中国政府友谊奖"。这是我国政府为表彰在中国现代化建设和改革开放事业中做出突出贡献的外国专家而设立的最高奖项。

买菜也是扶贫？中国探索消费扶贫新模式

受疫情影响，包括湖北贫困地区在内的多地农产品销量有所下降，给当地农户造成很大的返贫压力。在这个特殊时期，直播带货这个线上经济新模式在中国迅速升温，也吸引了侯萨穆的注意。疫情稍一缓解，侯萨穆即探访北京消费扶贫产业双创中心，体验直播带货，了解消费者如何为脱贫助力。

在北京消费扶贫产业双创中心内，不仅有来自湖北的香菇，还有来自内蒙古的胡麻油、西藏的酥油茶、新疆的大枣等地方特色产品以及各类民族工艺品，为市民选购正宗地道的特色产品提供

▲ 2020年5月18日，侯萨穆在北京扶贫双创中心体验直播带货

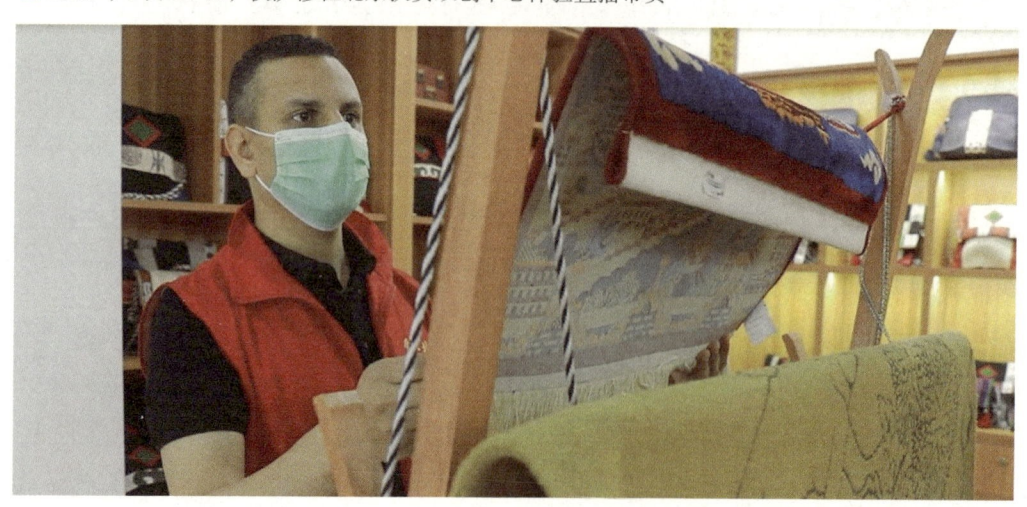

▲ 侯萨穆在北京扶贫双创中心挑选藏族织毯

了一个新选择，在家门口就可以吃上来自全中国各地的天然绿色农副产品。

一位正在中心内挑选商品的老先生说："我基本上隔三岔五就要来一回，因为这里是专门扶贫的，在这里购物可以支持贫困地区，咱们也能为扶贫多做点贡献。"

另一位正在大规模采购的顾客说："我正在为我们单位做员工福利采购，这里一方面解决了采购的问题，另一方面也能助力扶贫。"

政府引导市民以购买代替捐赠，首都居民不仅能够在市区购买到来自贫困地区的特色产品，同时还可以带动贫困户脱贫增收，可谓一举多得。

北京首农供应链管理有限公司副总经理刘想表示，消费扶贫双创中心自2019年1月22日运营以来，共带动带贫、益贫企业300余家，集中展示展销扶贫产品5000余种，吸引市民参观达到30余万人，共促进27.6万余名建档户增收脱贫，实现了线上线下销售达到4.9亿元。

在中国，像这样的线下消费扶贫中心还有很多，它们和线上的消费扶贫平台一道，帮助贫困地区打破了空间制约，拓宽了市场，同时也帮助大众消费者走进"后扶贫时代"，参与扶贫新风潮，见证扶贫新成果。

"产业扶贫、教育扶贫、消费扶贫"，随着脱贫攻坚的不断深入，中国的精准脱贫方式也在不断发生着转变。自脱贫攻坚战打响以来，中国一直因时、因地、因势不断调整扶贫政策，构建了中国特色脱贫攻坚制度体系，为全球减贫事业贡献了中国智慧和中国方案。

◀ 消费者购买产品

主持人点评

在中国的这些年,我亲眼见证了中国乡村的巨大变化。在外出采访过程中,我发现中国政府一直想方设法帮助贫困户摆脱贫困,尽早过上幸福安康的生活。

在北京消费扶贫产业双创中心的拍摄,让我对中国精准扶贫模式有了更深入的了解,我发现中国式扶贫的内涵比我想象的更加丰富,这样一个看似简单的双创中心,其背后是无数人的努力,他们不仅打通了受援地农特产品生产、运输、包装、销售等全产业链条,实现线上线下同步展示展销,还广泛动员社会力量通过消费参与扶贫,进而带动贫困户脱贫增收、上下游企业受益、消费者获得实惠。

在拍摄过程中,中国消费者对于参与扶贫的态度也让我印象深刻。我在拍摄中遇到的每一个人,都热切地希望为扶贫出一份力,他们的话语让我明白了"众人拾柴火焰高"这句中国俗语的含义。

供稿单位：北京周报社

外籍主持人：［德］迈克尔·海尔曼（Michael Hermann）

迈克尔·海尔曼
（Michael Hermann）

  1957年出生于德国，国际志愿者。2005年，瑞士的"互满爱人与人"国际运动联合会（Humana People To People）与云南政府扶贫开发办公室签署合作协议，迈克尔被选为驻华代表（现为首席代表），致力于为更多的中国儿童提供学前教育。"三岁看大，七岁看老"，迈克尔强调儿童阶段对个人身心发展以及未来生活轨迹的形成有着至关重要的影响。2008年8月，"互满爱人与人中国"在云南省镇康县南伞镇桃子寨村正式开启"未来希望幼儿班项目"。截至2019年底，已开办幼儿班348个班次，解决了2.7万多贫困儿童的学龄前看护及教育问题。十五年间，迈克尔行走在广袤的西南大地上，期待改变幼儿教育，以阻断贫困的代际传递。

迈克尔·海尔曼：
行走在中国扶贫路上的德国"愚公"

"若期待世界变化，就从自己做起。"

18岁时，中学毕业的迈克尔·海尔曼决定顺从内心，投身国际志愿服务事业。

2005年，来自德国多特蒙德的他，以国际运动联合会"互满爱人与人"（以下简称"互满爱"）驻华代表的身份行走在中国云南、四川、重庆的大山里，在消除贫困和疾病防控的第一线一次次耕种梦想和希望，一待就是15年。

他赤脚穿梭在田间地头，为农民普及种植技术；他走村串乡，宣讲艾滋病防治知识；他四处筹集资金，只为让更多的农村贫困儿童享受学前教育……

这个身材瘦削的德国人，说着一口流利的西方口音的普通话。他爱好和平，穷尽一生立志为困苦者带去希望。

中国老百姓给了他一个称号"慈善愚公"，对于这个美名，他欣然接受。"做善事就应该如同愚公移山一样，虽我之死，有子存焉；子又生孙，孙又生子；子子孙孙无穷匮也，而山不加增，何苦而不平？"迈克尔要撼动的则是贫困这座大山。

叛逆少年的"不寻常"成长路

1957年，迈克尔出生在德国的一个中产家庭，父亲是医生，母亲是教师。学生时代的迈克尔在周围人的眼中有些"叛逆"：他参加过反对美军占领越南的学生游行，热衷于研究非洲民族解放运动、红军长征等历史课题……更让人不解的是，迈克尔在德国的"高考"中取得了全校第二名的好成绩，但他却放弃去大学就读热门专业这

▲ 迈克尔拜访村民

一跻身德国社会精英层的"必由之路"。

不仅如此,他还抗拒每个德国男孩的义务——服兵役,理由是"不愿加入发动过两次世界大战的德国军队"。为此,他以一个和平主义者的身份到当地法院进行了两次陈述,最终说服了法官,以在临终关怀院当义工的方式代替服兵役。

这是迈克尔人生第一次接触公益事业,也正是在临终关怀院的18个月,让他找到了未来人生的方向——成为一名国际志愿者。自此,从未改变。

"我热爱自由、公平、博爱。我的父亲希望我像他一样当个医生,但我自己觉得,我要为和平做些事情,去满世界跑,当志愿者,去世界上最穷的村落帮助别人摆脱贫困。"迈克尔说。

终于22岁那年,迈克尔离开了德国,开始了他国际志愿者的生涯。此后,他到过44个国家,在其中的35个国家工作生活过,而他与中国的缘分则始于20世纪80年代。

"中国一直是一个激励着我的国家,"他说,"尤其是天安门城楼上的那句'世界人民大团结万岁'。"从小就痴迷东方文化的迈克尔对中国的国际主义精神有着与生俱来的认同感。

1987年至1989年，迈克尔来到复旦大学国际文化交流中心学习汉语。第一次来中国的迈克尔，对这里的一切都抱有极大的好奇心。每个周末，他骑着自己破旧的"飞鸽"牌自行车在上海的里弄间穿梭。他也去了很多其他中国城市，甚至曾一路骑行至武汉。

2005年，云南省扶贫办与"互满爱"进行合作，作为驻华代表的迈克尔，来到了云南。

"互满爱"是一个总部设在瑞士的国际非营利性组织，由31个独立的国家发展援助组织成员组成，在欧洲、亚洲、非洲和美洲从事教育、健康和农村发展工作。目前，"互满爱"在云南、四川、重庆开展了17个项目。在农村发展、贫困家庭学前教育、传染病全面控制、低碳生活等四大领域综合开展扶贫工作。

▲ 迈克尔与孩子们做游戏

打破贫困家庭的恶性循环

2008 年,迈克尔的项目团队在云南省临沧市镇康县通过建立农民互助小组和月度培训进行扶贫。通过走访,迈克尔和同事发现,由于山区村落规模小,分布广泛,政府教育资源有限,没有学前教育机构。而很多家庭,为了照顾孩子,至少有一个成年人无法正常外出工作,家庭收入就少了一大块,这些家庭便进入了一个贫困的恶性循环。

迈克尔决定打破这一恶性循环。于是,2008 年 8 月"互满爱"在镇康县南伞镇桃子寨村正式开启"未来希望幼儿班项目"。通过为当地学龄前儿童建立一个日托系统,让孩子的父母可以集中精力工作以增加家庭收入,摆脱贫困。

据迈克尔介绍,该项目以社区为基础开展学前教育,动员村民翻修闲置校舍成为教室及活动场所,同时选择初中学历以上的村民作为老师,照料学龄前儿童。

项目负责人协同当地幼教专家连续三年给予老师长达700课时的培训并对他们的工作进行督导。将3至6岁的孩子组织到一起混龄编班，每班15至30人，配有一名全职老师和一名助教志愿者。在此模型基础上，项目不断发展，截至2019年末，该项目已开办幼儿班348个班次，解决了2.7万多名贫困儿童的学龄前看护及教育问题。

这一项目不仅解决了贫困家庭劳动力就业增收的问题，在迈克尔看来，对贫困家庭的儿童的学前教育本身具有更重大的意义。"三岁看大，七岁看老。"是迈克尔常常挂在嘴边的话。他认为，1到7岁是决定一个人一生的时间段，这个阶段影响人的自信、想象力、性格等。

扶贫必先扶智，学前教育是消除贫困代际传递的根本手段，也一直是政府关注的重点。早在2011年，云南省政府就实行了云南省学前教育三年行动计划。随着各级财政支持力度不断加大，该省学前三年入学率从2010年的37.43%提高到了2019年的84.27%。为实现幼儿园的全覆盖，云南省又提出"一村一幼"政策。

迈克尔说，政府对学前教育的高度重视也在改变着"互满爱"工作的重点。如今的"互满爱"更多的是对"一村一幼"政策进行支持，比如在教师培训、幼儿班管理、教师激励补贴等方面给予资助。

"无论如何，我们的使命是走完'最后一公里'，到最后一个村庄，最后一个家庭，覆盖最后一个不应落下的孩子。"他说，"我的目标是，在中国不让一个孩子在追求梦想的路上被遗忘。"

继续走下去

2020年是中国脱贫攻坚决战决胜之年，也将实现第一个百年奋斗目标。

深耕于中国扶贫一线的迈克尔对此感触颇深："中国比世界其他国家提前10年实现减贫的可持续发展目标。我甚至不确定，西方国家能否在2030年前实现联合国可持续发展目标。"

令迈克尔印象深刻的还有中国人均预期寿命的增长。1949年，中国人均预期寿命不足 35 岁。2018 年，这个数字达到 77 岁。"在全球没有一个国家，能够像中国这样取得如此之快的发展。它在短期内极大提高了百姓的人均寿命，这是一项了不起的成就。"他说。

如今，迈克尔在中国工作和生活已经 17 载有余。当被问到准备在中国待多久时，这位 63 岁的"愚公"表示，他想留下来，打算在中国度过余生。

"至于多久？希望能到 2049 年吧。"他说。

因为他想看看那个彼时的中国——那个已经建成富强民主文明和谐美丽的社会主义现代化中国。

主持人点评

"我认为大多数欧洲人根本不清楚中国的扶贫到底是怎么回事。扶贫不是等着天上掉馅饼，需要人们为此努力奋斗。"

从为百姓建造房屋、为贫困村庄修建道路，到选派党员干部下沉基层扶贫、东西协作……中国已经建立起一套详细而有效的扶贫方案。我认为，中国政府正在从事一项巨大的工程，正在不遗余力地践行着"扶贫不是一句空话，而是实实在在的行动"。

提及中国扶贫取得的成就，我认为离不开三个"秘诀"：一是政府的政治魄力及顶层设计；二是"精准"实施；三是东西协作，发达地区与不发达地区之间的资源流动。"这三点正是其他国家在实现联合国可持续发展目标过程中所欠缺的。"

供稿单位：北京周报社

外籍主持人：[日] 川崎广人（Hiroto Kawasaki）

川崎广人（Hiroto Kawasaki）

　　日本岩手县人，2014年至今在河南省新乡市原阳县官厂镇小刘固农场工作，担任农业专家，推广循环农业技术。来中国前，川崎曾在日本岩手县生活协同组合联合会工作。2009年退休后，他在受邀到青岛农业大学进行学术交流时，发现当地农村存在过度使用农药化肥的情况。这一发现让川崎找到了新的人生目标——去中国农村，发展绿色农业。经过7年多的不懈努力，川崎成功地在小刘固农场栽培出番茄等有机作物，带动村民走上农业致富道路。与此同时，他还在农场开设了循环农业培训班，致力于培养更多农业人才，并开通了微博，记录、分享他在中国农村的工作心得、见闻感受。

川崎广人：我在中国当农民

每天 6 点，在中国生活了 7 年之久的日本人川崎广人便会准时起床，简单的早饭后他首先会去堆肥厂和液肥厂察看情况，去大棚除草，然后再去地里检查作物生长情况。忙完这些，他会和客户见面，洽谈合作。到了下午，他会到果蔬大棚和那里员工一起工作直至傍晚 6 点。

很难想象，这是一位 74 岁的日本老人在中国农村的每日规律生活与工作的写照。川崎广人，日本岩手县人，2014 年开始在河南省新乡市原阳县官厂镇小刘固农场担任农业专家，推广循环农业技术。

平时，川崎常常身着深蓝色工装，头戴迷彩帽，眼镜后面一双眼睛总是笑眯眯的，说话很温柔。但一说起农场的工作，川崎就会不由自主地提高嗓音，要求工作人员严格执行各项标准，以保证农产品的质量。因此，在农场年轻人的眼中，他不仅是一个和蔼可亲的日本老爷爷，也是工作一丝不苟的"川崎老师"。

来中国前，川崎在日本岩手县生活协同组合联合会工作。2009年退休后，他受邀到青岛农业大学进行为期一年的学术交流。"当时山东农村的情况让我很惊讶。当地仍有农民使用生粪，又脏又臭，而且化肥和农药用量偏大，不利于土壤保护。"川崎回忆说。

正是这一发现，让川崎找到了新的人生目标——去中国农村，发展绿色农业。

交流结束后，川崎回到日本，一边自学汉语，一边学习堆肥技术。"我要在中国推广堆肥技术和循环农业的理念，让农民通过有机栽培挣更多的钱，为中国农业和日中友好做贡献。"川崎说道。带着这样的使命，2013年66岁的他背着30多公斤的行李和书籍，第二

◀ 川崎广人在测量有机番茄的含糖度

◀ 川崎广人在观察并记录有机番茄生长情况

次踏上了中国的土地。

万事开头难。最开始的9个多月，川崎几乎走遍了中国各个省，向农场负责人解释他想开展循环农业试验的想法，但都没有成功。2014年1月，在朋友的介绍下，川崎来到小刘固农场。

小刘固农场所在的原阳县，毗邻黄河，是河南滩区面积最大县，常年饱受风沙和旱涝之苦，2014年被正式确定为省重点贫困县。"当时这里条件很差，没有公路，农场也什么都没有种，近乎荒废。"川崎说。

来到农场后，川崎仔细查看了情况，给农场负责人李卫写了观察报告，并附送了一张手绘的循环农业示意图：农场动物的粪便处理后变成有机肥料，给田里的小麦、蔬菜施肥，作物成熟后，菜梗、麦秆再作为饲料喂养家禽家畜，构成一个完整的循环圈。

川崎的想法让原本就在摸索循环农业的李卫动了心。李卫邀请川崎留下，川崎也感觉他乡遇知己，两人一拍即合。

发展循环农业理论上很简单，但实际操作起来却并非易事。

2014年，川崎和农场员工进行了几轮堆肥试验后，终于在2015年1月开始了第一次有机番茄栽培试验。但3月的一场大风将大棚吹破，导致刚种下的幼苗损伤严重；8月，河南的高温天气导致大棚内温度过高，番茄生了病；11月，一场大雪压塌了大棚，试验再一次失败。然而川崎并没有放弃，他分析失败原因，调整栽培策略，还去日本考察大棚搭建。2017年前后，川崎的有机番茄终于有了较为稳定的产出，并通过电商平台销售，经济收益比较可观。

"一旦种番茄成功了，农场也就快成功了。"川崎说。

除了自身的不懈努力，一系列相关政策的出台也坚定了川崎的信心。2017年，党的十九大报告首次提出乡村振兴战略，提出要坚持走"生产发展、生活富裕、生态良好"的文明发展道路，建设美丽乡村，并将乡村振兴战略与坚决打赢脱贫攻坚战有机衔接，同年，农业农村部还出台了《种养结合循环农业示范工程建设规划（2017—2020年）》。现在，小刘固农场已被选为当地的循环农业示范基地，并得到了一定资金扶持。同时，原阳县大力发展的绿色养殖、生态

◀ 川崎广人在小刘固农场开设循环农业培训班，并用中文亲自授课

◀ 川崎广人在展示日本出版的农业书籍，他计划将来出版一本更适合中国农民理解的循环农业教材

农业、文化旅游等项目也和川崎的初衷相同，川崎经常受邀参加论坛和研讨会，讨论适合本地农业的绿色可持续发展道路。

几年下来，农场生产和运营状况有了极大改善，但川崎还有一个目标——培养循环农业人才，让循环农业的理念在中国深入人心。2017年起，川崎在农场开设了短期堆肥技术培训会，至今已经有1500多人参加，而且参加者也从普通农民扩大到环保人士、大学生、企业家和政府官员等，对循环农业感兴趣的人越来越多。此外，在川崎的牵线搭桥之下，先后有10名日本农业专家来农场考察指导，农场还与日本农业企业达成合作，定期开展赴日考察，并选派有志于发展循环农业的年轻人赴日学习。

"现在这里变化真的太大了。村子漂亮了，大家的生活条件好了，有车族也越来越多，村里还出了很多大学生。"川崎感慨道。2018年，原阳县成功实现脱贫摘帽，全县都铺设了硬化路，危房和旱厕得到改造，生活垃圾日产日清。看着这些基础设施方面的改善，川崎觉得，他推广循环农业的理想不久将在这里开花结果。

说到未来的计划，这位年逾古稀的日本老人告诉记者："我会继续留在中国。我想与中国的农业企业合作，建立专门的培训学校，教授学生们循环农业技术。"此外，川崎还想将自己过去 7 年来的有机种植心得结集成书，让更多中国农民读到他的书。"我想写一本像图画书那样的教材，让不识字的人也可以学习有机栽培的技术。"他说。

主持人点评

　　中国农业发展很快,中国农民的生活水平也有了大幅提高,但一些地方为了追求产量,还存在过度使用农药、化肥的情况,造成了比较严重的土壤污染问题。不过可喜的是,近年来,越来越多的人意识到生态文明建设的重要性,乡村振兴也走上了可持续发展之路,关注并尝试开展循环农业的人也多了起来。我在小刘固农场开展的循环农业试验初见成果,农场扭亏为盈,村民收入也有了提高。我将继续留在中国,积极尝试与中国的农业企业开展合作,并建立专门的培训学校,培养更多循环农业人才。

供稿单位：北京周报社
外籍主持人：[卢森堡] 汉森·尼克（Hansen Nico）

汉森·尼克（Hansen Nico）

　　2015年，尼克从警官岗位上退休之后，来到了中国。在广西壮族自治区的宜州，他被刘三姐的故事和当地山清水秀的自然风貌所打动，于是就在刘三姐的故乡定居下来。2018年，他来到乍洞村，加入第一书记谢万举的脱贫工作中。

卢森堡退休警官尼克：
大山里的扶贫"洋助理"

2018年3月，正值广西宜州乍洞村的百香果园开始播种的季节。月底前，果园需要搭建完40亩的百香果架，这可急坏了乍洞村的第一书记谢万举。由于村里的青壮劳力大多外出务工，能帮果园打桩、搭架的劳动力严重不足。为此，谢万举通过微信朋友圈召集了自己的朋友们前来帮忙。

那天，有个朋友带来了一位身材高大的老外。老外看到正在为果园打桩、搭架子、拉线的人们，二话不说直接下了地，同大伙一起忙碌起来。当时的谢万举万万没有想到，这个来自卢森堡的退休警官尼克，日后会成为自己亲密无间的工作"助理"。

初识乍洞村

2015年，尼克从警官岗位上退休之后，来到了中国。在广西宜州旅行时，他被刘三姐的故事和当地山清水秀的自然风貌所打动，于是就在刘三姐的故乡定居下来。

沿着蜿蜒的盘山小道，尼克第一次来到了群山环绕中的乍洞村，顿时就被这座宛如世外桃源的小村庄深深地吸引了。当时的他或许只是遗憾，怎么没有早发现身边还有如此美丽的风景。但当他走进村子，近距离目睹乍洞村村民的生活时，心情却沉重起来。

2018年的乍洞村，全村的14个自然屯有近半未通公路，从村中心到其他自然屯需要走上一个小时。很多村民还居住在墙体开裂、屋顶漏雨的土坯房里，家中几乎没什么像样的物件。因缺乏水源，这里的村民世代以来都是望天吃水，只能依靠简陋的蓄水池中积存的雨水来生活，不仅取水困难，水也不干净。

▲ 乍洞村风光

▲ 尼克为百香果剪枝

不过，尽管自然条件十分艰苦，这里的人们却在为改变命运而不断努力。在谢万举书记的带领下，他们正试图通过发展特色产业来脱贫致富。搭建百香果园种植百香果，就是办法之一。这些都被尼克看在眼里，所以在百香果园帮忙的当天，他加了谢万举的微信，表达了自己想要留下来的愿望。

在谢万举看来，这位戴着墨镜、背着相机的老外更像是一名游客，提出这个要求也只是一时兴起。他对尼克说："你来干活，可没有工资拿。"没想到，尼克却很痛快地答应了。虽然不知道这个老外能在这里坚持多久，但谢万举还是同意了尼克的请求。于是，卢森堡退休警官就在这个中国小山村扎下了根。

见证脱贫之路

"一个村要发展，没有产业可不行。而不通路，产业也发展不起来。"这是尼克常听谢万举念叨的一句话。实现全村14个自然屯通路，解决村民们的饮水难题和住房问题是乍洞村想要脱贫必须完成的几个重要任务。而发展百香果、黄瓤西瓜、桑蚕养殖等特色产业,则是谢万举为提高当地村民收入而支的招。

决心留下来帮忙的尼克,也在琢磨自己能在谢书记的计划里发挥点什么作用。中国基层扶贫工作情况复杂、工作强度大,要做好这项工作,并不是件容易的事。尼克在这儿人生地不熟,他的老本行似乎也没什么用武之地。幸好1960年出生的他,不仅见多识广,而且体格强壮,腿脚麻利,跟着谢万举在山里转了一圈之后,心里就对自己要做点什么有了数。

"硬化路屯屯通"是乍洞村脱贫的硬件条件之一。尼克开始跟着谢万举去山里踩点。尼克是退休警官,谢万举是退役军人,两人每天能健步如飞地在大山里来回走上4个小时,把山里的地形摸得门清儿。有了这个基础,再通过政府支持、群众自筹、企业和社会捐赠等方式,不到两年的工夫,村里的每个屯都通上了水泥路。

通了路,很多工作都有了开展的基础。外面的人能够进得来,村里的农产品也能走得出去。农产品有了销路,产量也得跟上,百香果、西瓜、茄子……两人带着大伙种起了多种经济价值较高的农产品，并且在市区找到了定点销售渠道。有时如果收成好，超过了定点渠道的销售能力，尼克还会跟着谢万举在市区街头摆摊叫卖。有尼克这副洋面孔在一旁帮着吆喝，往往会引来更多顾客，销量特别好。

尼克还经常跟着谢万举走村串户，谁家有困难他都尽己所能地伸出援手。起初，尼克的到来在这个偏远闭塞的村庄引起了不小的轰动，这位身材高大、金发蓝眼的外国人不管走到哪里，都会引起村民们的围观。但如今他已经和村民们打成一片，甚至还学会了几句简单的壮语。

在村民眼中，烈日下的田间地头，大山深处的百香果园，蜿蜒曲折的山路上，新改建的民房里……尼克和谢万举总是形影不离。村民们开玩笑说："谢书记多了个洋助理哩！"

▲ 尼克和谢万举正在喂蚕

中国的扶贫模式值得其他国家借鉴

"只需看看乍洞村这两三年的变化,就知道中国的脱贫工作有多么成功。我相信,中国的其他村庄也是如此。"尼克感叹道。两年来,尼克亲眼见证了村民们的土房变成了砖房,乡村的土路变成了水泥路,供水的水柜也全部建好。对于这位扎根于中国脱贫一线的卢森堡退休警官而言,没有什么事情比帮助人们过上幸福生活更加令他满足、快乐。

"在卢森堡,政府通过给贫困户发钱来帮助他们脱贫。在中国,扶贫模式则是以人为本、精准扶贫。不仅选派'第一书记'到贫困村给大伙出主意,带头干;还对贫困户进行手把手的扶持,给予他们更多的精神关怀。"尼克这样总结自己对中国扶贫工作的观察。

第一书记谢万举坚韧不拔的毅力和乐观向上的精神也深深感染着尼克。他看到,谢万举在走村串户时,将每家每户的大事小情全部记在本子上,而且放在心里面,想方设法帮他们解决。这位"第一书记"对村民的付出，其实已经远远超出了本职工作的范畴。"谢万举其实是把村民当成自己的家人一样对待。"

尼克认为，中国的减贫贡献之所以成为全球第一，正是因为有千千万万像谢万举这样奋斗在扶贫一线的人。也正因此，尼克虽然不领一分钱工资，却服气地把谢万举称作自己的"老板"。

"世界上不是只有中国才有贫困人口。但当我们看到统计数据时才发现，在中国已经有这么多人实现了脱贫。"据尼克说，欧洲乃至全世界都很关注中国的扶贫工作，联合国也高度评价了中国的扶贫模式，建议世界上其他国家借鉴中国的扶贫经验。

2020年是中国决战脱贫攻坚的收官之年。在经过与谢万举和乍洞村村民近三年的朝夕相处之后，尼克深信，中国绝对可以打赢这场脱贫攻坚战。

主持人点评

在卢森堡，政府通过给贫困户发钱来帮助他们脱贫。在中国，扶贫模式则是以人为本、精准扶贫。不仅选派"第一书记"到贫困村给大伙出主意，带头干；还对贫困户进行手把手的扶持，给予他们更多的精神关怀。我认为，中国的减贫贡献之所以成为全球第一，正是因为有千千万万个奋斗在扶贫一线的人。乍洞村这两三年的变化只是中国脱贫工作的一个缩影。中国的扶贫经验值得世界上其他国家借鉴。

供稿单位：北京周报社

外籍主持人：［意］罗杰威（Paolo Vincenzo Genovese）

罗杰威
（Paolo Vincenzo Genovese）

意大利建筑师，现任天津大学建筑学院教授，2004年起在中国工作、生活。他曾经参与天津市内多处历史建筑，包括末代皇帝溥仪故居静园的修缮，获得过2010年度天津市"海河友谊奖"。目前，他与他的团队致力于对中国贫苦地区进行生态改造，希望用自己的力量为中国脱贫攻坚做出贡献。

"荣誉村民"罗杰威的扶贫故事

他是一个"人气"教授,一个"接地气"的城市规划师,一个念旧却不守旧的建筑师,一个对中国、对全世界有着大爱的意大利人……他就是天津大学建筑学院教授罗杰威。在他看来,一个真正的建筑师不仅可以通过设计将力学和美学、传统和现代完美结合,更应心有大爱,为贫困的人们走出贫困出一份力,尽一份责。

在大多数中国人眼里,外籍建筑师在中国参与设计的项目大都以造型前卫、造价不菲著称。但来自意大利的天津大学建筑学院教授罗杰威(Paolo Vincenzo Genovese),偏偏用行动打破了这一固有印象。

从 2004 年开始，罗杰威便开始和家人在天津生活。他在天津大学讲授建筑仿生学和古建筑修复，疫情期间，还开设了一门人工智能与建筑学的在线课程，这是该领域最早的在线课程之一。他提倡研究自然，尊重传统，鼓励将理论付诸于实践。他和他的团队，曾经对天津的历史建筑进行过修复设计，包括末代皇帝溥仪曾经居住过的静园。

"静园的修缮对我来说很有意义，这是由天津大学和米兰理工大学合作完成的。修复是一项非常复杂的工程，尤其是刚刚开始那会儿，因为这里住了很多居民，人数超过了一百。但修缮完成后，这里被改造成了纪念馆，成为天津的一张城市名片。"他获得过 2010 年天津市"海河友谊奖"，而亲身带队参与古建筑修复的经历，无疑让他加深了对这座城市的理解和热爱。

在罗杰威眼里，天津是一座中西融合的城市，虽然是一个现代化的都市，但是一些基于近代租界发展形成的历史文化街区，却保

◀ 罗杰威在校园附近散步

◀ 罗杰威展示自己获得的新民村"荣誉村民"证书

留了浓郁的异国风情,这让天津有着与中国其他城市截然不同的韵味。闲暇之余,他喜欢在这些历史街区散步,在传统与现代、东方与西方之间探寻建筑设计的灵感。

众多历史建筑中,民园西里是他最倾心的一个。位于天津五大道的民园西里,始建于1939年,由当时中国最顶尖的建筑大师之一沈理源设计建造。和罗杰威一样,沈理源也毕业于意大利的大学,以中西融合作为自己的设计理念。作为曾经的居民社区,民园西里以三条主路为基础,由两栋连排英国里弄式小楼构成,这里并不奢华,但设计巧妙,闹中取静。如今,这里已经成为天津著名的文化创意街区,吸引着无数中外游客来此观光休闲。

罗杰威认为,民园西里是真正介于中国风和欧洲风之间的建筑。而优秀的建筑师,一定要像沈理源一样,根据当地的经济、文化,因地制宜进行规划和设计。这一点,在扶贫项目的设计上尤为重要。

"扶贫项目的设计必须易于实现,如果项目太昂贵了,贫困地区就没有足够的钱来负担;如果项目太复杂,也不好,因为那样很难管理。"2019年,罗杰威带着他的团队和学生,到黑龙江省大庆市林甸县新民村进行生态改造,通过收集雨水,解决了困扰当地村民多年的雨季涝、旱季干的问题。而收集到的雨水被用于农业灌溉和家庭清洁,也改善了新民村的生活水平。"这个收集雨水的装置,每个人一看就能懂。我们的目标是:就算文化水平不高的人,也能知道如何去操作。"罗杰威的设计看似简单,但却处处彰显着他的务实、融合的理念,扶贫项目不是花架子,简单实用才是硬道理。

在新民村的项目完工之后,当地村民送给罗杰威一件礼物:一个由代表意大利国旗的绿白红三种颜色编成的手包。这件礼物如今和新民村颁发给他的"荣誉村民证书"一起,摆在了罗杰威工作室最显眼的位置。村民们的热情友善,留给罗杰威难以忘怀的记忆,他总想着要再回到村里看看,也希望未来能够到更多的贫困地区施以援手。

不仅仅是罗杰威自己,许多他的学生,已经在中国的天南海北、田间地头,为了帮助更多人摆脱贫困努力奋斗着。

这就是罗杰威,一个意大利建筑师的故事。建筑师不仅可以将力学和美学、传统和现代完美结合,为城市增添亮色,更可以心有大爱,为那些渴望摆脱贫困的人们出一份力,尽一份责。

主持人点评

  优秀的建筑师,一定要根据当地的经济、文化,因地制宜进行规划和设计。这一点,在扶贫项目的设计上尤为重要。扶贫项目的设计必须易于实现,如果项目太昂贵,贫困地区就没有足够的钱来负担;如果项目太复杂也不好,因为那样很难管理。真正有效的设计,就算是文化水平不高的人,也能知道如何去操作。

供稿单位：人民中国杂志社
外籍主持人：［日］森川裕希惠（Morikawayukie）

森川裕希惠

　　出生于日本名古屋。在东京作为演员出演过很多舞台剧和电影。出于对中国传统文化及正在蓬勃发展的中国感兴趣开始学汉语。2018年成为神奈川日中友好协会会员。2019年在北京电影学院国际交流学院学汉语，对中国电影史、中国最新影片拍摄技术以及中国影视行业的发展有了更深的了解。在校期间曾参演了几部学生影视作品。一年的中国生活中接触到了中国人的人情味，丰富的中国美食，美丽的大自然风景，规模庞大的市场，更加被中国吸引。按照原来的计划，今年在中国作为演员正式开始活动，但现在受到疫情影响住在名古屋。今后也想要为扩大中日交流圈，把中日各自魅力相互传递努力。

安徽黄山祖源村：

发展民宿旅游，实现乡村脱贫振兴

乘车沿公路一路向黄山市休宁县的西南方向出发，翻山越岭，再沿一段曲折蜿蜒的青石板台阶拾级而上，错落有致、徽派建筑风格鲜明的一处古村落便出现在眼前了。这是祖源古村落民宿群，初到这里的游客都会为眼前古朴的景致和淳朴的徽南民风而驻足。

祖源村建在山中的一片平地上，四周群山环抱，生态景色绝佳，村里最大的一棵红豆杉被称为"神树"，距今已有1300多年的历史，见证了这个村落的繁衍变迁。

祖源村发展民宿还要始于2014年。当时，上海宏森投资发展有限公司董事长庞焕泰到黄山考察，一个偶然的机会来到祖源村。他被这个古老的村子所吸引。地道的徽州古民居，洁净的空气和水、香甜的果蔬以及周边优美的景色都是吸引他的地方。于是，庞焕泰决定在这里投资搞民宿旅游。在不破坏古村落原有生态植被和人文建筑风貌的前提下，修旧如旧，让城里人能在这里追寻乡愁，留住乡愁。决定变为行动，经过紧锣密鼓的两年建设，2016年"梦乡源"民宿群正式对外营业，并迅速引起众多网民的关注，城里人络绎不绝地来到这里，久居深山的祖源村一下成了网红。

　　据庞焕泰说，他第一次来祖源时，全村270多户人家只剩下50户还留在村里，全村人均年收入很微薄，大部分是靠外出打工，是名副其实的"空心村"。"梦乡源"项目的成功带动了全村的发展，改变了全村的面貌，甚至吸引外出打工的年轻人回乡创业。近几年来，该村先后开张了14家农家乐，其中有几家就是原来在外打工的村民回乡开办的，项永利是其中之一。2016年以前项永利在杭州做电焊，

▲ 建在平坝上的祖源村

▲ 当地村民依靠民宿脱贫致富

▲ 许多游客在祖源村拍照

回乡探亲时听闻村里搞民宿旅游很火,便萌生了回乡创业的想法。2017年他的"陋居"客栈正式开业,客栈本身就是他家的祖屋。起初也面临缺乏经验、收入不稳定等问题,但项永利积极向其他民宿经营者取经,并用心做好服务,客栈的利润额逐步上升。"比在外面打工赚得多了,一直在外面奔波也不是长久之计。"项老板欣慰地说。而且他认为自从开了客栈,每天招待来自全国四面八方的客人,使他自身的素质修养、待人接物的能力也得到了提高,这是在外面打工完全学不到的,而这些往来的客人有的成了项老板的朋友,帮他带来更多的客源。项老板还自己种植蔬菜饲养家禽,为客栈提供新鲜的食材。

  三年多来,祖源村的民宿旅游业发展迅速,如今已经吸引了全国各地近30万游客。庞焕泰对祖源村的发展也深有感触,他说,当时之所以来到这里就是想留住这青山绿水白墙灰瓦和淳朴的民风,也深感当地村民生活的窘迫,想帮他们生活得更好。国家现在实施精准扶贫和乡村振兴,农村要根据自身特点找出路,正确的发展理念也十分重要。庞焕泰最大的感触就是，来祖源村这三年，"山还是那座山，房还是那个房，路还是那条路"，只是现在村民的思想观念发生了变化，大家都被激发了脱贫致富的动力，相信祖源村也会因此在生活富裕和生态良好的道路上继续前进。

不只祖源村，黄山市的古村落民宿业现在已经逐渐形成规模。据统计，黄山市已涌现出精品民宿300多家，打造了西递宏村、黄山汤口、休宁祖源、屯溪老街、徽州区西溪南上村等一批民宿集群，全市民宿客栈近2000家，占安徽省的四分之三以上。这些民宿游项目，目前已经形成了集吃住游购为一体的产业链，给游客宾至如归的感觉的同时，也为经营农家乐的本地人营造了"此心安处是吾乡"的安稳感，可谓是有人情味又绿色环保的经济增长方式。据不完全统计，目前，黄山市民宿接待过夜游客平均一年超20万人，经营收入10亿元以上，已经成为黄山当地农民脱贫致富、实现乡村振兴的一项重要手段。

主持人点评

　　2019年末,我有幸随《人民中国》摄影团队到安徽和黄山采访拍摄,这是非常难得的一次经历。深入到中国中部地区的农村,接触到那些普通、淳朴的百姓,让我对中国有了更深入了解。

　　在安徽黄山,我看到了中国传统的徽派建筑,白色的墙、灰色的瓦、高高向上扬起的房檐,具有中国南方文化风情。另外,这里的饭菜也很美味,鱼和豆腐的做法也很别致,吃起来感觉很好,令人印象深刻。

　　在当地,我们采访安徽的祖源村。据了解,这个村子之前非常贫困,由于资源短缺,青年人都外出工作,只剩下老人和孩子,村子逐渐破败,村民家庭收入都很低。为了改善村子的面貌,提高当地人的收入,黄山市近些年努力开展民宿旅游项目,祖源村就是从2004年开始做起的。传统的民居经过改造后,焕然一新。在保留了传统建筑风格的同时,还能具有现代旅店的便利性。对于在城市生活的人们,可以体验传统农家的生活。

鸣 谢

编 写

杜 璐	张 琦	王 浩	郭 然	刘 婷	尉红琛	徐 蓓
苏德什娜·萨卡		金知晓	梁 宵	张莎莎	原 嫒	李一凡
马 力	胡 月	谭星宇	张艺博	王 楠	钟 磊	曹梦玥
潘 征						

审 定

陈 实	赵 珺	王众一	昝继芳	卢茹彩	张 娟	虞向军
谭星宇	李 霞	于 佳	王新玲	朱 颖	吕 翎	王海荣
徐 蓓	李 南	陈 炜	王 烁			

摄影摄像

张 琦	王 浩	郭 然	张 巍	王 凯	鲁 坤	温亚磊
多力昆·地力木拉提			张艺博	杨云鹏	张田丁	花 轩
曹梦玥	潘 征	李慧鹏				

统 筹

李五洲	张莉萍	张 琦	王汉平	张雪松	谭星宇	徐曦嘉
钟 磊	徐 欣	吕 翎	李 南	侯贝贝	徐 蓓	胡 月
张艺博						